うたかたのシンデレラ

スーザン・メイアー 作
北園えりか 訳

JN230090

ハーレクイン・イマージュ
東京・ロンドン・トロント・パリ・ニューヨーク・アムステルダム
ハンブルク・ストックホルム・ミラノ・シドニー・マドリッド・ワルシャワ
ブダペスト・リオデジャネイロ・ルクセンブルク・フリブール・ムンバイ

THE TWELVE DATES OF CHRISTMAS

by Susan Meier

Copyright © 2014 by Linda Susan Meier

All rights reserved including the right of reproduction in whole or in part in any form. This edition is published by arrangement with Harlequin Books S.A.

® and ™ are trademarks owned and used by the trademark owner and/or its licensee. Trademarks marked with ® are registered in Japan and in other countries.

All characters in this book are fictitious. Any resemblance to actual persons, living or dead, is purely coincidental.

Published by Harlequin Japan, a Division of K.K. HarperCollins Japan, 2015

スーザン・メイアー

ペンシルベニア生まれ。夫と3人の子供とともに、今もそこに暮らす。販売員や弁護士秘書、地方新聞のコラムニストなどさまざまな職業を経て、現在は執筆に専念。大家族の中で育った経験や、職場でいろいろな人々と出会ったことが作品を書くうえで大いに役立っていると語る。

主要登場人物

エロイーズ・ヴォーン……………法律事務所の臨時職員。
ローラ・ベス・マシューズ………エロイーズの親友、ルームメイト。
オリヴィア・エングル……………エロイーズの親友、元ルームメイト。
タッカー・エングル………………オリヴィアの夫。
リッキー・ラングレー……………オリヴィアとタッカーの友人。実業家。
ブレイク……………………………リッキーの息子。故人。
ノーマン……………………………リッキーの運転手。
デヴィッド…………………………リッキーの個人秘書。
アーティー・ベスト………………有名ファッション・デザイナー。

1

「ごめんなさいね、ココ」

「"ココ"って?」ローラ・ベスが訊《き》いた。

「シャネルよ……気にしないで」

今の場面を誰かに見られていなければいいけれど。エロイーズはクリスマスパーティーの会場を見回した。赤や緑のラメのカクテルドレスを着た女性たちや、タキシードに身を包んだ男性たちに目をやる。落ち着いた金と銀の飾りつけが、エングル家のペントハウスに洗練された輝きを与えていた。グラスの中で氷がからんと鳴る音、客たちの笑い声、そして富や権力といった雰囲気が、辺りに漂っていた。

この機会に恋人が見つかるかもしれない。でもエロイーズは恋人が欲しいわけではない。最愛の人はいたが、失った。それより今欲しいのは仕事だ。給料のいい仕事。自活できる正規の仕事。あいにく大学で得た学位は、仕事を得る際にはあまり役に立たない。仕事がだめなら、もう一人ルームメイトを募

エロイーズ・ヴォーンはいつも金欠病だ。

「さあ、このクラッカーをバッグに入れて」ローラ・ベス・マシューズが、新婚の友人、オリヴィア・エングルの開いたパーティーの料理の皿から、クラッカーをひとつかみ取り、エロイーズのほうに突き出した。

エロイーズは目を丸くした。「私たち、クラッカーを盗むほど落ちぶれてしまったの?」

「明日の昼食はクラッカー五枚よ」

エロイーズはため息をつきながらシャネルのバッグの口を開け、ルームメイトにクラッカーを入れさせた。

集する手もある。そうすればローラ・ベスとシェアしているアパートメントの家賃の負担が軽くなり、現在臨時で働いている法律事務所の給料でも、また以前のように食費が賄えるようになる。

　でも、このパーティーでルームメイトは見つかりそうになかった。ここにいる人たちは皆、自分で高級アパートメントを買えるだろう。海辺に別荘も持っていそうだ。

　残っている料理をローラ・ベスがしげしげと眺めた。「残念。クラッカーのディップソースは持ち帰れないわね」

　エロイーズはあわててバッグを背中に隠した。

「だめ。私のシャネルのバッグには入れさせないわ」

「あなたのその必要以上に高価な服やバッグや靴、売ったら一年分の食費になるんじゃない？」

「ほとんどが五年前のものよ。誰も欲しがらないわ」

「そんなふうには見えないけど」

「それは私が襟を変えたり、ベルトをつけたりしているからよ」

「じゃ、手を加えて流行の形にしてから売ったら？」

　売るなんてできない。服やアクセサリーはエロイーズに残された最後のひとかけらだ。夢見る大学三年生のころの思い出の品。卒業を一年後に控えたエロイーズは、駆け落ちして、愛するウェインと結婚したのだ。

　だが結婚生活は多難だった。エロイーズは裕福な両親から勘当され、ウェインには仕事がなかった。結局エロイーズがウエイトレスとして働いたが、ウエインとは喧嘩《けんか》が絶えなかった。その後、ウェインは膵臓癌《すいぞうがん》と診断され、あっという間にこの世を去った。あまりにも急で残酷な死に悲しみ戸惑い、エロイーズは両親の家を訪ねた。支えてほしかった。だが、両親は玄関にさえ顔を出さなかった。勘当した娘には戻ってきてほしくないし、面倒も持ち込んでほしくないと、メイドを通じて告げられたのだった。

最初、エロイーズは打ちひしがれた。それから悲しみ、次に怒りが込み上げた。だが、それはエロイーズの決意に火をつけただけだった。何がなんでも成功してみせる。大物になる。方法はわからないけれど、絶対に成功する。両親を見返すためだけではなく、もう一度幸せになるために。

「僕の従姉《いとこ》を紹介するよ」

その声にリッキー・ラングレーは顔を上げた。見ると、会社の弁護士が三十代ほどの女性を伴ってこちらに歩いてくるところだった。女性は黒髪を頭の後ろできつく丸め、体の線にぴたりと沿った鮮やかな赤のドレスを着ている。彼女は値踏みするようにリッキーを見た。

「従姉のジャニーン・バロンだ。こちらはリッキー・ラングレー」

「はじめまして」ジャニーンの声はほんのわずかに震えていた。リッキーに会えたことがうれしくて仕方がない様子だ。

ほかの男なら喜んだかもしれない――得意に思っただろう――弁護士はリッキーを気に入っているからこそ、身内を紹介したのだ。だが息子を亡くして以来、リッキーは強い喪失感に覆われ、誰かとデートすることなど、まったく頭になかった。

「お会いできて光栄です」リッキーは十分ほど愛想よく会話を続けたが、機を見て場を辞した。

会話する人々の間を縫って、タッカー・エングルのしゃれたリビングルームを進む。タッカーは半年前に結婚したが、ニューヨークにある彼のペントハウスは独身男性の部屋らしく洗練されたインテリアを保っていた。濃い色の床には白いシャギーカーペットが敷かれ、その上にはクロム金属と黒いレザーの家具が置かれている。タッカーが新婚の妻、オリヴィアと一緒に飾りつけたクリスマスツリーは、一面金と銀のオーナメントで輝いていた。桜材のマントルピースには赤ん坊のための靴下が一つぶら下がっている。まだ生まれておらず、名前もないし、性別もわからない。つまり、あとのお楽しみということだ。

リッキーは唇を嚙《か》みしめた。息子と一緒に過ごした唯一のクリスマスを思い出す。ブレイクが生まれたのは十二月二十七日だったので、その年のクリスマスには間に合わなかった。だが翌年、色鮮やかにライトが灯《とも》り、きらきらと輝くクリスマスツリーを見て、ブレイクは手を叩《たた》いて笑った。朝起きて、プレゼントが山のように置かれているのを見ると、まだ話せないブレイクは甲高い声をあげて喜んだ。包装紙を破り、中身より箱を気に入って、リッキーのぴかぴかのペントハウスを散らかし放題にした。

リッキーの人生で最高のクリスマスだった。けれど、今は何も残っていない。

鋭く息を吸う。ここへは来るべきでなかったのかもしれない。もう一年半が経《た》つが、クリスマスパーティーの類いは、いまだにこたえる。それなのに、予定ではこの手のイベントがあと十二回も残っている。パーティーが十回、結婚式が一回、同窓会が一回。去年はまだ不幸から半年しか経っていなかったので、出席を断っても許された。しかし今年は、人々が首を傾《かし》げ始めている。

リッキーは踵《きびす》を返し、急いで暖炉から離れた。そのとき、誰かのバッグにぶつかった。何かが砕けるような音を聞きながら、リッキーは両手を差し出し、被害者の体を受け止めた。

「気をつけて！　クラッカーが割れたじゃないの」

美しい顔をしかめたブロンド女性を見て、リッキーは自分が不幸なあまり誰とも話したくないことを、つい忘れてしまった。「バッグにクラッカーを入れているのか?」

女性がため息をつき、長い髪を耳の後ろにかけた。「いつもじゃないわ」そしてタキシード姿のリッキーを眺めてから、首を横に振った。「気にしないで。お金持ちにはわからないことだから」

「なるほど、ビュッフェのクラッカーを持ち帰って、来週のランチにするつもりだな?」女性の驚愕《きょうがく》の表情を見て、リッキーはうなずいた。「僕も金がなかったころは、同じことをしたよ」

「でも、これはルームメイトの案なの。本当は、私は物を盗んだりする人間じゃないのよ」

「べつに君は盗んだわけじゃない。あのクラッカーはもともと客のために用意してあるんだ。君は客だし、パーティーもそろそろ終わる。客が帰れば、料理の残りはおそらく捨てられるか、あるいはホームレスの保護施設に寄付されるんだ」

女性がぎゅっと目をつぶった。「ということは、私はホームレスの人たちの口に入るクラッカーを奪ったことになるのね。この街は最悪だわ」

「ニューヨークを嫌う人がいるとは」

「ニューヨークが嫌いなわけじゃないの。ただ、ここで生活するにはお金がかかりすぎて」

ふいに彼女が背筋を伸ばすと、リッキーの目の前にプリンセスが現れたようだった。

彼女は胸を張り、礼儀正しく落ち着いた笑みを浮かべて言った。「そろそろ失礼していいかしら? オリヴィアとタッカーにさよならの挨拶をしたいの」

リッキーは一歩脇にどいた。「もちろん」

セクシーな女性だ。つんとしたバストや細いウエストや丸いヒップに、金色のドレスがまるで誂《あつら》えたようにぴたりと沿っている。パーティーのクラッカーを持ち帰るほど困窮しているにしては、上品で礼儀正しい。彼女は振り返りもせず去っていった。

「リッキー！」振り向くと、弁護士がこちらに急いでやってくるところだった。「以前の生活に戻る気になれないのはわかる。だが、僕は君に従姉を紹介したことを詫《わ》びるつもりはないぞ。いつまでも誰ともつき合わないでいると、皆が不審に思う」

「きっと愉快な理由を考え出してくれるだろうな」

「冗談じゃすまない。君は実業家だ。人は不安定な人間とは契約を結びたがらないものだ」

「独身でいるのが不安定だとは思わない。独身で成功した男性の名前はいくらでも挙げられる」

「確かに。だが彼らが皆、子供向けゲームの発売を控えているわけじゃない」

リッキーは背を向けた。「大丈夫だ」

弁護士がリッキーの腕をつかむ。「そうかな。来年、あの新会社を上場させる際には出資者が必要だ。そのころにはもっといきいきした顔をしていてもらわなくては。人が支援したいと思うような顔をね」

弁護士が足音も荒く去っていくのと同時に、さきほどのクラッカーの女性が通りかかり、左右を見回した。誰かを捜しているようだ。

ふいに喜びを感じ、リッキーはそんな自分に驚いた。彼女が美人だからだろう。スタイルも抜群だ。それに良心もそなわっている。パーティーのクラッカーを持ち帰るのは、自動車泥棒とは訳が違う。なのに、彼女は目に見えて動揺していた。

声をあげて笑いながら、リッキーはかぶりを振ったが、ふとその動きを止めた。なんということだ。僕が笑うなんて。

パーティーの終わりが告げられると、エロイーズは黒いウールのケープを羽織った。クラシックなデザインなので、いつ着ても流行遅れにならない。エレベーターの前には、すでにオリヴィアとタッカーがいて、客たちに別れの挨拶をしていた。

エロイーズの前にいたカップルが、豪華なエレベーターに乗り込んだ。エロイーズはオリヴィアにほほえみかけ、彼女の両手を取った。「すばらしいパーティーだったわ」

ブロンドで青い目をし、赤ちゃんを身ごもった幸せに輝くオリヴィアが言った。「ありがとう」

「ご両親にもお会いできてよかった。でも、今さよならのご挨拶をしようと思ったら、姿が見えなかったんだけど」

「明日は早いから、もう眠ったの。みんなでケンタッキーに行くのよ」

「十一月最後の金曜からずっとクリスマスさ。一月の二日までね」タッカーが笑いながら言う。

「ひと月以上休みなの？」

「ええ」オリヴィアがうれしそうに答えた。「五週間よ。来月の半ばに一つパーティーがあるから、そのときは一時的に戻ってくるけど、それ以外はケンタッキーで過ごすの」

エロイーズは頬を緩めた。なるほど、それでこんなに早い時期にクリスマスパーティーを開いたのだ。

「楽しいのよ。そりに乗ったり、スケートをしたり」オリヴィアがハンサムな夫に笑みを向ける。タッカーは三十代で、かつては独身主義者だったが、イタリアでオリヴィアと恋に落ちたのだ。「暖炉のそばでホットチョコレートを飲んだり」

「完璧ね」オリヴィアは夢の国に住んでいる。でもエロイーズが欲しいのは現実の生活だ。夫を亡くし、人生の魔法の大半が奪われた今、エロイーズの望みはただ普通でいることだった。仕事を見つけ、二度と誰かに頼らず生きていく。「ところで、ローラ・ベスを見なかった？」

オリヴィアがエロイーズの手を取り、脇へと連れていった。「十分くらい前に帰ったわよ。タッカーの会社の副社長と一緒に」

胸がどきんと鳴った。「え?」

「二人で株やマーケットの話をしていたわ。これからコーヒーハウスに行くと言っていたみたい」

「そう」

「タクシーを呼びましょうか?」

エロイーズは急に乾いた唇を舐《な》めた。タクシーですって? タクシーがいくらするか、オリヴィアは忘れてしまったようだ。もともとはローラ・ベスと一緒に地下鉄で帰る予定だったのだが、こんな夜遅くに一人で地下鉄には乗りたくない。ローラ・ベスに置き去りにされたなんて信じられなかった。

でもそれはオリヴィアには関係ないことだ。エロイーズとローラ・ベスは、生活に困っていることをオリヴィアには内緒にしておこうと約束していた。今や裕福になった友人が善意で何か、たとえば家賃を払ったりしてくれたら、大変気まずい。

「えっと、いいえ、タクシーはいいわ」エロイーズは笑みを見せた。「地下鉄で帰るから」

「一人で?」

「ええ、地下鉄が好きなの」

「エロイーズ、それは危ないわ。タッカーの運転手に送ってもらいましょう」

「大丈夫よ」

「だめよ」

タッカーがオリヴィアの手を引いて注意を促した。

「リッキーだ」

エロイーズが振り向くと、さきほどの男性がいた。黒い髪に茶色い瞳。タキシード姿がとてもすてきだ。

私ったら何を考えているの? 経済的に安定するまでは、男性に目をやらないと決心したのに。

オリヴィアが背伸びしてリッキーの頬にキスをした。

なるほど、彼は背が高いのだ。背が高いから目が行くのだ。

いいえ、背の高さだけではない。あのセクシーな茶色い瞳。煙るような眠たげなまなざし。そしてぼさぼさの黒髪。思わず美容院に引っぱっていきたくなる。この指で額から髪を払ってあげたい。

私ったらどうしてしまったの?

「おやすみ、リッキー。今日は来てくれてありがとう。楽しんでくれたならいいんだけど」

「楽しかったよ」

リッキーがオリヴィアの頬にキスを返した。エロイーズは後悔した。リッキーが歩いてきたときに、オリヴィアの隙をついてエレベーターに乗ってしまえばよかった。元ルームメイトからの同情ほど厄介なものはない。オリヴィアは最愛の人を見つけただけでなく、天職も手に入れた。エロイーズとローラ・ベスがもがいている間に、オリヴィアは人生の宝くじを引き当て、結婚し、妊娠し、若い芸術家たちのマネージャー業をしている。そして、かつてのルームメイトを心配し続けているのだ。

誰かの重荷にはなりたくない。私には知性も教養もある。あとはちゃんとした仕事さえあれば幸せになれるのだ。だが、その仕事が見つからない。見つからなければ、貧乏になる。そしてオリヴィアは心配し続ける。

オリヴィアがちらりとエロイーズを見て、ふと気づいたように言った。「あなたたち、顔見知り?」

リッキーがエロイーズを見た。「暖炉のそばで偶然ぶつかったんだ」

「彼女、これから帰るところなの。でも友達が先に帰ってしまって」オリヴィアは顔をしかめた。「タッカーの会社の人とビジネスの話をしながらね」

だったら腹を立てるべきではないのかもしれない、とエロイーズは思った。ローラ・ベスがもっといい職に就くチャンスかもしれないのだから。だが、次にオリヴィアが言い出す言葉は見当がついた。

「あなたのリムジンでエロイーズを送っていってもらえないかしら？」

「いいえ、いいの」エロイーズは間髪をいれずに断った。

同時にリッキーが言った。「もちろん。彼女には借りがある」

オリヴィアが顔を輝かせる。「よかった」

エレベーターのドアが開き、リッキーがドアを指し示した。「お先にどうぞ」

エロイーズはエレベーターに乗り込み、オリヴィアに手を振った。「本当に今日はありがとう」

オリヴィアとタッカーが手を振り返す。非の打ちどころのないカップルだ。「こちらこそ」

ドアが閉まり、エレベーターが下降を始めた。

「それで……友達に置いていかれたって？」

「私たち二人とも仕事を探しているの。家賃を払うために、今の仕事よりもお給料のいい仕事を。友達がタッカーの会社の人と仕事の話をしていたというなら、責めるわけにはいかないわ」

「ニューヨークに来てどのくらい？」

「三年よ」

「三年もかつかつなのは苦しいな」

「オリヴィアが一緒に住んでいたときは、そうではなかったの」

貧乏には理由があるとはいえ、恥ずかしかった。裕福な家に生まれながら、つらい経験をし、悲しみと動揺にも負けず大学を出た。あと欲しいのは仕事だけなのに。

そんなに無理な望みかしら？

エレベーターが下りる間、リッキーは黙っていた。エロイーズが発している緊張感からすると、彼に送られることを喜んではいないようだ。喜ぶ理由がない。彼女の経済状況は苦しいのに、友人のオリヴィアはすばらしい人生を送り、もう一人の友人は彼女を置いて帰ってしまった。

エロイーズはプライドが高い。リッキーにもプライドはあるが、うら若き女性を真夜中過ぎに一人で地下鉄に乗せるわけにはいかない。自分を笑わせてくれた女性ならなおさらだ。

エレベーターのドアが開き、エロイーズが凍える夜気の中に足を踏み出した。リッキーはその後ろをゆっくり歩いた。歩道に差しかかると、彼女がいきなり立ち止まった。

リムジンを呼んだのはリッキー一人ではなく、建物の前には黒く長い車が四台停《と》まっていた。

リッキーはエロイーズの後ろで立ち止まり、片手を彼女の肩に回し、三番目の車を指差した。その拍子に、指がエロイーズのうなじに触れ、柔らかな肌の感触に指先が痺《しび》れた。

リッキーは咳払《せきばら》いした。「三台目の車だ。ぜひ乗っていってくれ」

エロイーズが女王のように背筋を伸ばした。「わかったわ」

車のそばまで行くと、運転手のノーマンがドアを開けた。エロイーズが乗り込み、その隣にリッキーが座るのを見届けてから、ノーマンがドアを閉め、静かにエンジンをかけた。

「住所を教えてくれないか。運転手に行き先を伝えるから」

住所を告げると、エロイーズはじっと自分のコートに目を落とした。リッキーはインターホンで運転手に目的地を伝えた。

沈黙のまま五分ほどが過ぎた。エロイーズの惨めそうな様子に耐えきれず、リッキーは切り出した。

「僕もこの街に来たころは、君に負けないくらい貧乏だった。だから気にしないでくれ。送っていくくらい、なんでもない。帰る時間が一緒だったのも何かの縁だ。申し訳ないなんて思わないでくれ」

エロイーズがぱっとリッキーに顔を向けた。「申し訳ない？　そんなこと思っていないわ！　私は腹を立てているのよ。同情されるのはもううんざり。私はただ仕事を探しているだけなの。大学だって出たのに、仕事が見つからないのよ」

「専攻は？」

「人事経済学」

「そうか。人事経済学は、経営学や会計学などで間に合わされるからな。とくに不景気のときは」

「ええ、そうね。本当に私は幸運だわ」

エロイーズのプライドは山より高い。だが、彼女はそれを笑うユーモアのセンスもまた持ち合わせている。リッキーは今度も笑った。二度目だ。ひと晩で二回。どちらもエロイーズが笑わせてくれた。

「まあ、そうつんつんするなよ。君にできることはほかにもあるはずだ」

「ウエイトレスの仕事をしたわ。ほかにもいろいろ。今は六週間の契約で法律事務所で働いているの」

「すごいじゃないか」

エロイーズが疲れたようにため息をついた。「ええ、そう。感謝していないわけじゃないの。私より大変な思いをしている人もいるから」

自分もその一人だ、とリッキーは思った。だが、それを話すつもりはない――たとえ相手が自分を笑わせてくれた人でも。同情されるのはまっぴらだ。

ふと床に視線を落としたリッキーは、エロイーズの靴の輝きに目がくらみそうになった。視線を上に移し、引きしまった脚や黒いケープを見る。コートの胸元からは、輝く金色のドレスが覗《のぞ》いていた。

生活に困窮しているにしては、いいものを身につけている。もちろん、古いものかもしれないし、中古店で手に入れたものかもしれない。

中古店で買ったにしても、何を選んでどう着ればいいのか、彼女はよく承知しているようだ。外見だけなら、リッキーが今年一年間に出会った金持ちの令嬢たちと少しも変わらない。

しかし、彼女は金持ちの令嬢ではない。

「ローラ・ベスと私に必要なのは、むしろルームメイトね」

「探すのはそんなに難しくないだろう」

「いいえ。いい人はなかなか見つからないわ」

「そうかな？　なぜ？」

「たとえば、最初のルームメイトには前科があったの。保護観察官からの電話で初めてわかったのよ」

リッキーはくすりと笑い、そんな自分に驚いた。またた。またしてもエロイーズは簡単に僕を笑わせた。「僕もそういう相手とデートしたことがあるよ。大失敗だった」

「ええ、そうでしょうね。ジュディは出ていくときに、私のコーヒーメーカーをくすねていったわ」

「それはひどい」

「二番目の人は、身元保証人が偽物だったの」

「君には〝ジェイソン・ジョーンズ〟が必要だ」

「え？」

「僕が作った検索エンジンだよ。僕がアイディアを出し、イライアス・グリーンがプログラムを書いた。人を調査できるんだ」

「そうなの？」

「そう、最高さ。なんでもわかる」リッキーは笑みを浮かべた。「君には無料で進呈しよう」

「施しは受けないわ。誰の施しも受けたくないの」

その気持ちはよくわかる。エロイーズの出自はわからないが、彼女には勇気と気概がある。自分の力で成功したいと願っているのだ。

「だったら取り引きしよう」

エロイーズが息をのみ、あわててリッキーから離れた。「冗談はやめて」

リッキーは笑った。これで四回目だ。「べつに君の体を差し出せと言っているわけじゃない」

エロイーズは肩から力を抜いたが、リッキーを見る顔は怪訝《けげん》そうだった。「私には取り引きできるものなんて何もないわよ」そう言って自分のコートをぽんぽんと叩いた。「あなたがヴィンテージの服に興味を持っているなら話はべつだけど」

「いや、だが君は僕の欲しいものを持っている」

エロイーズが用心深くリッキーを見た。「何？」

「時間だ」

「時間？」

「そう。僕はこれから十回クリスマスパーティーに出席しなくてはならないんだ。それに結婚式が一回、同窓会が一回ある。そのすべてに同伴してほしい」

2

エロイーズはリッキーを凝視した。「私はあなたの名字さえ知らないのよ」

「ラングレーだ」彼はほほえんだ。輝くような茶色い瞳がエロイーズを見つめて放さない。「君は？」

「ヴォーン」

リッキーがエロイーズの手を取って握手した。

「よろしく、エロイーズ・ヴォーン」

「それで、あなたは十二回のパーティーに、私に同行してほしいというわけね？」

「いや、僕の恋人役をしてほしいんだ。ただ同行するのではなく」

「どういうこと？」

「恋人のふりをしてほしい。僕は皆と距離を置きたいんだ。会話に加わらずにいられる理由が欲しい。パーティーに恋人を同伴すれば、それが可能だ」

エロイーズはまじまじとリッキーを眺めた。「つまり、女性を紹介されるのに飽き飽きしているということかしら？　恋人連れなら、放っておいてもらえるから？」

「もう少し込み入った話なんだ。みんなは僕を元の世界に引き戻そうとしているんだよ。恋人を連れていれば、友人たちの目には僕が元気だと映る。心配はいらないと思うだろう」

エロイーズは手触りのいいレザーシートにゆったりと寄りかかった。どうやらリッキーはひどい失恋を経験したようだ。失恋の傷が癒えないうちは、パーティーになど行きたくないのだろう。

「つまり、パーティーに出ても、人と関わらなくていい方法を探しているのね」

「人と関わるのはかまわないんだ。ただ、深くは関わりたくない。僕は恋愛には興味がないので、その点は安心してくれ。君は君で楽しむといい。知らない人と出会えるし、仕事のコネもできるだろう」

〝仕事のコネ〟？　目下の雇用状況は厳しく、面接の機会さえ与えられない。企業のお偉方と知り合って顔を覚えてもらえば、チャンスが生まれるかもしれないわけだ。

「私はただにこにこ澄ましていればいいの？」

「そして僕のことを好きなふりをしていればね」

それは難しくない。彼はハンサムだし、感じもいい。

「口裏合わせが必要ね。出会った場所とか、つき合ったきっかけとか」

「そのまま言えばいい。オリヴィアとタッカーのパーティーで出会って意気投合したと」

「確かにパーティーで出会ったけれど、ほとんど話もしていないわ」

「今こうして話している。友人同士のように」

「そうね、言われてみれば。それで、見返りに私の仕事探しに協力してくれるの？」

「君が欲しいのは〝ジェイソン・ジョーンズ〟じゃないのか？　ルームメイトを探すための」

「ルームメイトは一時的な解決策にしかならないわ。それより仕事よ」

「何をしてほしいんだ？　君を雇えと広告でも出すか？」

「どこか人事部門で人を探している会社がないか、お友達に訊《き》いてみてくれないかしら？　そうしたら、あなたと一緒にパーティーに行くわ」

リッキーはしばし考えているようだったが、やがてエロイーズの手を取って握手した。「交渉成立だ」

エロイーズも手を握り返した。「成立ね」

アパートメントに到着し、エロイーズがリムジンを降りると、リッキーも降りた。

「いいのよ、部屋まで送ってくれなくても」

「誰かが潜んでいるかもしれない」

エロイーズはリッキーの胸に片手を置いたが、次の瞬間、その胸板のたくましさに驚いた。彼は見かけよりずっと屈強だ。

リッキーのハンサムな顔をまじまじと見る。整った目鼻立ち。美しい茶色の瞳。

奇妙な感覚が湧き起こった。私は彼に惹《ひ》かれている。これは彼のことが好きだという気持ちだ。

とんでもない。こんな感情は契約の邪魔にしかならない。経験したからわかる。人を幸せにするのは愛よりも仕事だ。

エロイーズは彼の体から手を離した。「でも一線を引きたいの。部屋までは、一人で大丈夫よ」

「しかし――」

「いいの」くるりと背を向け、エロイーズは建物の中に入った。リッキーはハンサムだが、お互い恋愛は求めていない。私にはぜひとも仕事が必要だ。リッキーの力を借りなくてはならないのに、玄関ドアの前で二人きりになったら、おやすみのキスをしてしまうかもしれない。私は強い人間だけれど、完璧ではない。賢い女は、危険を冒さないものだ。

翌朝、エロイーズは目覚めて不安を覚えた。自分でも困惑していた。見知らぬ他人と十二回も一緒に出かける約束をするなんて。

もっとも、まったく見知らぬ他人というわけではない。リッキーはオリヴィアとタッカーの友人だ。そうだ、オリヴィアなら彼のことを詳しく知っているだろう。

エロイーズはベッド脇のテーブルから電話をつかみ、キッチンに向かった。ジュディに盗まれたコーヒーメーカーの代わりに古いドリップ式のものでコーヒーをいれ、短縮ボタンを押してオリヴィアに電話した。

「オリヴィア・エングルです。ただ今留守にしています。発信音のあとにメッセージをどうぞ」

しまった。忘れていた。オリヴィアは今朝早く一家でケンタッキーに向かったのだ。電話の電源を切っているのだろう。ひょっとしたら十二月いっぱい電源を入れるつもりはないのかもしれない。

エロイーズは電話をテーブルの上に置き、椅子に座った。

ローラ・ベスがとぼとぼとキッチンに入ってきた。肩まで届くブラウンの髪はぼさぼさだ。目はやっと開いている有様だった。「誰に電話していたの？」

「オリヴィアよ。ちょっと教えてほしいことがあったから。でも考えてみたら、今日からケンタッキーに行くって言っていたわね」

食器棚からカップと紅茶を取り出しながら、ローラ・ベスが言った。「教えてほしいことって？」

「ある男性の情報をね。どうやら仕事に繋《つな》がりそうなの」

ローラ・ベスが目を丸くした。「本当に？」

「ええ。ところで、昨日はよくも私を置き去りにしてくれたわね」

「ごめんなさい。ブルースとコーヒーを飲みに行ったの。タッカーの会社に新設されたＩＴ部門の責任者でね。面接をしてもらったから」

「まあ、いいわ。それでさっき言った男性だけど、私も昨日出会ったの。彼、パーティーに同伴する女性を探しているのよ」

「まさか、あなた――」ローラ・ベスがさらに目を丸くした。

「そんなんじゃないわ。リッキー・ラングレーという名前でね。どうやらひどい失恋をしたらしいの。クリスマスパーティーに一人で顔を出すのは嫌だから、私に一緒に行ってくれと言うの。その見返りに、彼が私の仕事探しを手伝ってくれるというわけ」

「それは頼もしいわね」

ローラ・ベスの言葉を聞いて、エロイーズの不安も少しは和らいだ。リッキーはオリヴィアとタッカーの友人で、これは取り引きなのだ。

だから試してみればいい。一回彼につき合ってみて、話が違うようなら手を引けばいいのだ。

十時ごろ、リッキーが電話してきた。申し訳ないが、最初のパーティーは今夜だという電話だった。

「もう？　まだ十二月まで二日あるのよ」

「友人の都合でね」リッキーはそう言ってからつけ加えた。「何か問題でも？」

「いいえ、何も。土曜だけど、どうせ私にはデートの約束もないし、一人で出かけるお金もないから。べつに泣き言を言っているわけじゃないのよ。ただ、何も不都合はないと言いたかっただけ」

「ああ、わかってる」

「それで、迎えに来てくれるのは何時？」

「八時ごろかな。銀行家主催のパーティーなんだ」

「どんな服で行けばいいかしら？」

「オリヴィアとタッカーのパーティーと同じ感じでいいんじゃないかな」リッキーはひと呼吸置いてつけ加えた。「きれいだった」

シンプルな賛辞は必要以上にうれしかったが、エロイーズはそれを振り払った。「ありがとう。でもあれはカクテルドレスだから。フォーマルなパーティーなら、イヴニングドレスでないと」

「会場は〈ウォルドーフ・アストリア〉で、男性はタキシードだ」

「だったら私はイヴニングドレスね」

「いいだろう。だが、アパートメントの下で君を待たせるわけにはいかない。部屋まで迎えに行くよ。僕がデートの相手を道で待たせていたなんて、運転手の仲間内で話の種になっては困る」

あまり踏み込んだつき合いはしたくないが、言われてみれば確かにそうだ。「わかったわ」

エロイーズはドレスを選びに寝室に戻った。カクテルドレスが十二枚、正装のロングドレスが数枚、どんなＴＰＯにも合わせられるドレスが揃《そろ》っている。ただ、どれも流行遅れだ。

赤いドレスを手に取った。銀行家は赤が好きだろう……違うわ、緑が好きよ。お金の色だもの。笑いながら緑のベルベットのドレスに手を伸ばした。流行のシルエットにするには相当な手直しが必要だが、苦ではない。鋏《はさみ》と針と糸があれば大丈夫。中古店で手に入れたミシンも使いこなせるようになったし、本格的な直しができる。

頬を緩めながら鋏を捜し、エロイーズはふと、今夜のパーティーを心から楽しみにしている自分に気がついた。おしゃれをして社交の場に出かける。ダンスもするかもしれない。きっと楽しくなるわ。

最後に楽しいと感じたのはいつだっただろう。

リッキーが迎えに来たのは、八時少し前だった。胸をときめかせながらドアを開けたエロイーズは、驚きで目を見開いた。彼がどんなにすてきだったのか忘れていた。タキシードを着て黒いコートをまとった姿は、とても洗練されていて、まるで小さな国の王様のようだった。

でも、恋愛なんて興味はない。欲しいのは仕事よ。

「コートを取ってくるわ」

リッキーがうなずいて部屋の中に入った。だがエロイーズは、彼にゆっくりと部屋を見る時間を与えなかった。住んでいる場所が恥ずかしいからではない。むしろ誰の力も借りずにここまで生活を築き上げたことを誇らしく思っている。ただ、早くパーティーに出かけたかった。手直ししたドレスを着て。

ケープを羽織って、リッキーのそばへと歩いた。

「とてもきれいだ」

「ありがとう。とても気に入って買ったドレスなの」二人は玄関を出た。「だから今風に直してまた着られてよかった」

エロイーズは先に立って階段を下りた。

「今風に直したのか？」

「ええ、自分で。襟とベルトを取って、背中をちょっと変えたの」

「すごいな」

エロイーズは肩越しにリッキーを見た。「あなたに恥はかかせないから安心して。新品を買うお金はないけれど、古いものならたくさん持っているし、今風に直すから大丈夫。ミシンの腕も相当なものよ。誰もこれが昔のドレスだなんて気づかないわ」

会話が途切れ、二人は黙ったまま車に乗ると、会場へと向かった。ホテルの正面は白いライトで飾られている。入り口の両脇に歩《ほ》哨《しょう》のように立っている樅《もみ》の木《き》の枝にもライトが巻かれていた。

両親とこの場所を訪れたときの記憶がよみがえる。あれはエロイーズにとって初めての正式なパーティーだった。父の友人たちや仕事仲間に会うと思うと、とても緊張した。

〝マナーに気をつけなさい〟〝話しかけられるまで、こちらから話してはいけない〟〝お前はゲストだ。裕福な家の娘にふさわしいふるまいをしなさい〟

ドアマンがやってきて、リッキーのリムジンのドアを開けた。

エロイーズは深呼吸し、ドアマンの手を借りて車から降りた。そのとき、ほかの客たちが目に入った。毛皮やダイヤモンド。髪は完璧にセットされている。

思わずケープに手を走らせた。ほかの女性たちの毛皮と比べて恥ずかしくなり、リッキーに顔を向けた。「お友達の知り合いにはお金持ちが多いのね」

リッキーはほほえみ、エントランスの階段へとエロイーズをいざなった。「途中にカメラマンがいると思う。新聞の社交欄に載せる写真を撮るんだ」

「え？」母はケンタッキーに住んでいるが、遅れを取らないようにニューヨークの新聞はすべて取り寄せている。とくに社交欄に目がないのだ。

体中を不安が走り、足が動かなくなった。両親とは五年間会っていない。勘当されてからずっとだ。娘が裕福な男性と一緒に社交界のパーティーに出席していたことを知ったら、両親はどうするだろう？ようやく娘が正気に戻ったと、何事もなかったように電話してくるだろうか？そうなったら、私はどうしたらいいの？夫を亡くして苦労しているときには知らんぷりされたというのに、平気な顔などできるだろうか？

なぜ私はこんなことを考えているのだろう？今が孤独でつらいからといって。

「写真を撮られてもかまわないだろう？」

「それは、その結果がどうなるかによるわ」

リッキーがエロイーズの肘を支え、階段を上った。

「おそらくどういう結果にもならないだろう。社交欄に記事が載るには、もっと重要人物でないと」

「あなたは重要人物じゃないの？」

制服を着たホテルの従業員がドアを開け、二人は中に入った。「去年は僕は皆の同情の的だったが、今年は違う。だから君も心配いらない」

エロイーズは安堵《あんど》を覚えたが、それもつかの間だった。豪華なロビーを歩いている途中、カメラがこちらに向けられるのを察し、彼女はそれとなくリッキーの後ろに姿を隠した。

リッキーが振り向いた。「どうした？」

「いえ、ただ招待を受けたのはあなただから、あなたが先に行くべきだと思って」

「ロビーは広いから並んで歩ける」

カメラマンの注意がべつの客に向いたのを見て、エロイーズは笑った。「そうね。ごめんなさい」

二人はエレベーターに乗り込み、黙ったままパーティー会場へと向かった。リッキーはふと、エロイーズが腕を彼女の体にしっかりと巻きつけていることに気がついた。まるでケープを隠すように。どうやら自分が場違いだと感じて気後れしているらしい。

今夜は二人で出かける最初の夜だ。エロイーズには楽しんでもらいたいし、いい雇い主に出会ってもらいたい。しかしそれ以上に気がかりなのは、友人たちが彼女をどう思うかということだった。本物の恋人ではないとばれたら、計画は台無しだ。

ドアが開き、二人は並んでエレベーターを降りた。

リッキーはエロイーズを見た。「ケープを貸して。クロークに預けてくる」

エロイーズがケープを外すと、リッキーもコートを脱ぎ、クロークにいる若い女性に手渡した。それから向きを変え、ほのかに明かりの灯《とも》された通路をパーティー会場へと二人で進んだ。カメラマンがこちらに向けてシャッターを押す。エロイーズの顔から血の気が引いた。

昨日はプリンセスのようだった彼女が、今は震えている。

「大丈夫か？」

エロイーズがことさら明るい笑みを浮かべた。

「ええ、もちろん。大丈夫よ」

いや、違う。彼女の目には恐怖が浮かんでいる。

「知らない人々に会うのが不安なのか？」

「いいえ、ぜひ会わなくては」

「じゃあ、どうしたんだ？」

「写真を撮られるのが嫌なの」

なぜ？

そう尋ねようとしたとき、プリンセスがふたたび姿を現した。エロイーズは背筋を伸ばし、くるりと向きを変えて会場の入り口へと歩いた。その背中を見て、リッキーは驚愕《きょうがく》した。

腰まで大きく開いている。なめらかなブロンドが、剥《む》き出しの肌をくすぐりながら揺れていた。

前から見ただけでは気づかなかったのだ。

リッキーがついてこないことに気づいて、エロイーズが立ち止まり、振り向いた。「どうしたの？」

リッキーは急いでエロイーズと並んだが、また先に立って歩き始めた彼女の背中を、ただ立ちすくんで眺めるだけだった。まさに目が釘《くぎ》づけだった。

申し分ない。エロイーズをひと目見れば、なぜ遠ざかっていた社交の場にリッキーが彼女を連れてふたたび現れたのか、皆は納得するはずだ。

友人たちの反応を思い浮かべ、ほほえみを押し殺してから、リッキーはエロイーズに追いついて受付のデスクに向かった。

入り口近くに控えめに置かれたデスクで受付をすませ、主催者夫妻に挨拶する人々の列に加わった。

エロイーズを見ると、ポール・モンゴメリーは目を輝かせた。「リッキーがご婦人を同伴とは」

エロイーズが笑いながらリッキーの腕に腕を通した。「共通の友人のパーティーで知り合ったんです」

「オリヴィアとタッカーのエングル夫妻ですよ」リッキーはポールと握手した。

「あら、私たちもオリヴィアは大好きよ」モンゴメリー夫人が、身を乗り出してエロイーズの頰にキスをした。「赤ちゃんができて輝いているわね」

エロイーズはほほえんだ。「ええ、本当に。きっとすばらしいママになります」

二十秒ほどの挨拶の時間が過ぎると、リッキーとエロイーズは、次の係からテーブル番号と手彫りのクリスマスオーナメントを渡された。モンゴメリー夫妻からのクリスマスプレゼントだ。

巨大なパーティー会場は、華麗に着飾って談笑する人々でまばゆかった。天井まである窓には深紅のベルベットのカーテンがかかり、まるで星屑《ほしくず》を散らしたように華やかに輝いている。丸テーブルには金色のテーブルクロスがかけられ、金色のリボンが巻かれたカラーと常緑樹の大きな花束が飾られていた。

リッキーはエロイーズの手を取り、テーブルの間を縫って進んだ。「話を信じたようだ」

「うまくいったわね」

「これからもこの調子で頼むよ」リッキーは振り返り、エロイーズの目を見た。「席は親しい友人たちと一緒だ。君が偽物の恋人だと気づかれては困る。誰より友人たちを安心させたいんだ。そのためには恋人ができたと思わせるのがいちばんだからね」

「わかってるわ」

「疑われないためには、本物らしく見せる必要がある。たとえば、僕が君の体に手を回すとか」

エロイーズがうなずく。

リッキーは深く息を吸った。「それにダンスもしなくては。僕はダンスが大好きでね。恋人を連れているのにダンスをしないと、友人たちが変に思う」

　エロイーズがリッキーのタキシードの襟を直し、続いて蝶《ちょう》ネクタイを直した。どちらも自然で、親密な仕草だった。リッキーの体は震えた。

「安心して。私だってデートの経験はあるわ。どうふるまえばいいかくらいわかってる」

　リッキーは苦笑した。「そうだな」

「それに私たちは本物の恋人同士以上にうまくやれるわ。だって、お互いに本音を言い合えるから」

　リッキーは顔をしかめそうになった。本音を言ったら、彼女は喜ばないだろう。蝶ネクタイを直されたとき、熱い欲望が体を走った、と。「なるほど」

「だから私たちのうちどちらかが何かおかしなことをしたら、もう一人が指摘すればいいのよ」

「そうだな」

　エロイーズがリッキーの手を取った。「きっとうまくいくわ」

　リッキーはテーブルへと進み、共同経営者のイライアス・グリーンと、彼がクリスマスイヴに結婚する予定の婚約者、ブリジット・オマリーにエロイーズを紹介した。椅子に腰を下ろすと、べつの友人、ジョージ・ラッセルと妻のアンディがやってきた。

　エロイーズを紹介し、彼女がほほえみながら会釈するのを見て、リッキーの不安も和らぎ始めた。男性たちはエロイーズに好意を持つだろうとは予想していたが、女性たちまでひと目で彼女を気に入るとは思っていなかった。

　アンディが身を乗り出し、エロイーズの手を取った。「すてきなドレスね」

　エロイーズが笑った。「古いドレスなの」

「どこで買ったか教えてくれないつもりね」

「ほとんど自分でデザインしたようなものなのよ」

　アンディがあんぐりと口を開けた。「自分で?」

「既製品だけど、自分の好みに合うようにちょっと手直ししたの」

その答え方がリッキーは気に入った。エロイーズはあくまでも事実を述べている。貧乏だと宣言しているわけではないし、貧乏でないふりもしていない。

リッキーはグラスから水をひと口飲んだ。上々だ。

サラダ、フィレミニヨン、ベイクドポテト、デザートにしゃれたチョコレートムースを食べたあとで、皆に足を運んでもらった礼ときたる新年の祝福をポールが述べ、乾杯の挨拶をした。ダンスの始まりだ。

エロイーズがリッキーに顔を向け、ほほえんだ。

「ダンスがしたくて仕方がなかったんでしょう？」

人生で初めて、リッキーはダンスをしたいと思わなかった。エロイーズのドレスには背中がない。ダンスをすれば彼女の肌に直接手を置かなくてはならないのだ。

だが、友人たちは当然リッキーがダンスをするものと思っている。

リッキーは立ち上がり、エロイーズの手を取った。二人はテーブルを縫ってダンスフロアへと歩き、人混みの中心に向かった。ここならテーブルにいる友人たちからは見えない。

エロイーズを引き寄せ、背中に手を置くと、柔らかくなめらかな肌を感じた。

リッキーは咳払《せきばら》いした。「変わった背中のドレスだ」

エロイーズは笑ってから顔をしかめた。「ごめんなさい」

「いや、いいんだ」むしろ、嫌がる男がいるだろうかと思ったが、口にしなかった。リッキーは笑顔のエロイーズを見下ろした。「楽しんでいるようだね」

「正直に言って、ステーキを食べただけでも来たかいがあったわ。ありがとう」

二人でくるりと回る。食べ物に感謝するくらいエロイーズが困窮しているのかと思うと、胸が痛む。

「いいんだ。これから君を皆に紹介しなくては」

「今夜が私の新しいスタートになるのね」

二人でもう一度くるりと回ると、エロイーズが笑い声をあげた。

最後に誰かを笑わせたのはいつだっただろうかとリッキーは思った。自分が楽しいと感じたのはいつだっただろう。だが、今は間違いなく楽しかった。

音楽が終わると、リッキーはさっそく近くにいたカップルのところにエロイーズを連れていった。ミミとオリヴァーのフレンチ夫妻だ。

エロイーズはうやうやしく彼らと握手した。「先週、『ジャーナル』紙であなたについて書かれた記事を読みました」

オリヴァーは謙遜した。「なぜ僕が記事になったのかわからないがね」

エロイーズは笑った。「それはあなたの会社が去年、何十億ドルも顧客に儲《もう》けさせたからです」

ミミが冗談半分でぴしゃりと夫の腕を叩《たた》いた。

「この人ったら褒められるのが苦手なのよ」そう言ってエロイーズに笑みを向けた。「ところで、教えてちょうだい。そのドレスはどこで買ったの？」

「ここから少し行ったところの小さなブティックです」エロイーズはほほえみながら答えた。五年前に母と一緒に買ったドレスだということは伏せておいた。背中が全部覆われ、高い襟と細いベルトがついた控えめなドレスだったということも。アンディはその話を喜んだが、ミミは母に似たタイプなので、才能を評価するより、貧乏だからだと思うだろう。

「覗《のぞ》いてみないといけないわね」

「ええ、ぜひ」

「エロイーズはニューヨークに来てまだ間がないんですよ」リッキーが言った。

「なるほど」オリヴァーが相槌《あいづち》を打つ。

「ええ」エロイーズはにこやかに言った。「大学を卒業して、仕事を探している最中なんです」

バンドが演奏を始めると、フレンチ夫妻はほほえみを交わし、また向こうに行ってダンスを始めた。リッキーがエロイーズの背中に手を置き、二人も音楽に合わせて体を動かした。

「上々だ」

「ええ、でも変な気分だわ」リッキーの手のぬくもりに鳥肌が立ち、意図せず声がかすれた。

リッキーが眉を上げた。「変な気分って?」

「仕事の無心をしているような気がして」

「それは違う。仕事を探していることをもっと誇りに思わなくては。ここにいる人々だって、最初からトップにいたわけじゃない」

「なるほどね」

やがてダンスが終わり、男性が隣にやってきてリッキーに話しかけた。フレンチ夫妻とは違い、彼はエロイーズに興味を示さなかった。新しいビジネスの話を持ちかけるのに忙しく、リッキーがエロイーズを紹介したときも、ほとんど反応を見せなかった。

エロイーズは周囲を見回した。客たちの喉元や手首や指できらめくダイヤモンドが、彼らがいかに裕福で地位のある人々かを物語っている。なのに、その中でリッキーは少しも肩肘を張っていない。持ちかけられたビジネスの話を断り、テレビゲームの発売と、その会社を上場させる仕事が控えているからとリッキーが説明するのを聞きながら、彼が自然体でいられるのは優秀だからなのだと、エロイーズは気づいた。彼はここにいるべき人間だ。どんな大富豪や有力者にも劣らず、頭が切れる人なのだ。

妙なプライドが湧き起こった。皆がリッキーの考えを聞きたがるが、彼と一緒にいるのはこの私だ。

いいえ、と首を振る。リッキーは私が好きだから一緒にいるわけではない。取り引きをしたから一緒にいるだけだ。私はただ、彼が失恋から立ち直ったことを友人たちに示すための象徴でしかない。

それを忘れてはいけない。

バンドがスローで甘い曲を演奏し始めた。てっきりテーブルに戻るものと思っていたので、リッキーに体を引き寄せられたとき、エロイーズは驚いた。たくましい胸に恋人のように頬を預けながら、エロイーズは今にも目を閉じそうになるのを抑えた。

彼は本物の恋人ではない。

偽りの恋人。

その言葉を頭の中で繰り返す。リッキーへの気持ちに歯止めをかけなければ、彼と一緒に出かけることはできない。

そうしたら仕事は見つからない。未来もない。間に合わせの仕事をえんえんと続けるだけだ。家賃の支払いもままならず、ジャンクフードを食べるだけ。

3

自分を牽制《けんせい》しても、エロイーズの気持ちは止まらなかった。

リッキーとダンスをし、ダンスの合間に彼を見つめる。彼は力強く、スマートで、私をまるでプリンセスのように扱ってくれた。飲み物を持ってきて、会話にも引き入れてくれて、まるで本物の……恋人のようだった。

二度目にスローダンスを踊ったとき、エロイーズは単なるときめき以上の気持ちを感じた。私はリッキーが好きなのだ。とても。だから化粧室に行ったとき、すぐには戻らず、もう一度自分に言い聞かせた。これはただの取り引きで、彼は恋人ではないと。

だが、スローな曲で踊るたびに、リッキーに対する反応は増していった。彼の腕に包まれると、温かいものが体に溢《あふ》れ、優しい仕草をされると、うれしくて鳥肌が立った。パーティーの終わりに彼がケープを着せかけてくれたときは、心臓が胸から飛び出しそうだった。

偽りの関係なのだと頭ではわかっていても、体はまるで本物の恋人のように反応してしまう。

リムジンに乗り込むと、エロイーズはできるだけリッキーから離れて座った。

運転手のノーマンがエンジンをかけた。リッキーは両手で膝をとんとんと叩《たた》きながら、しばらくエロイーズを見つめていたが、やがて口を開いた。「明日の夜は、投資銀行家の家で内輪の夕食会だ。僕の大学の友人でもある」

シートの端から、エロイーズは礼儀正しくほほえんだ。「わかったわ」

「明日はそれほど正装をする必要はないと思うが」

「そうね、カクテルドレスでいいかしら」

「そうだな」

会話が途切れ、エロイーズはシートの背に寄りかかった。リッキーの神経質な仕草から考えると、彼はエロイーズに特別な気持ちは抱いていないようだ。エロイーズが彼をじっと見つめたり、ダンスのときに頬を寄せたりしたのに気づいて、気まずい思いをしているのだろう。

私は取り引きの大事なルールを破ってしまった。恋愛感情など持ってはいけないのだ。このままだと、取り引きをやめようと言われてしまうかもしれない。

運転手が疑問に思うといけないので、マナーどおりリッキーに部屋まで送ってもらうことにした。

玄関ドアの前で、エロイーズは笑顔を見せた。「楽しかったわ」

リッキーがズボンのポケットに両手を突っ込んだ。

「よかった。僕も楽しかったよ」

エロイーズは咳払《せきばら》いした。「そう、えっと、よかった。じゃ、おやすみなさい」

リッキーが一歩後ろに下がった。「おやすみ」

エロイーズは背を向けてドアを開け、逃げるように部屋の中に入った。

スチール製のドアに寄りかかり、自分を叱った。私は何をしているの？　仕事が必要なのよ！　それなのに、こんな気持ちになるなんて。

だいたい、リッキーは私のことなどなんとも思っていないのに。

リッキーは足取りも軽く階段を駆け下りた。エロイーズはデートの相手としては完璧だ。美人だし、ダンスのときはぴったりと体を寄せてくる。この取り引きを発案した彼でさえ、本当に好かれているのではないかと勘違いしてしまいそうだった。リッキーはハミングしながらリムジンに乗り込んだ。

だが、自分がハミングしていることに気づき、愕《がく》然《ぜん》とした。ブレイクが死んだのに、どんな権利があって浮かれているんだ？　ブレイクの死の責任は、ブレイクの母親だけでなく、父親である自分にもある。幸せになる権利などないのだ。

ノーマンが通りに車を出したとき、電話が鳴った。リッキーは反射的にポケットから電話を取り出し、発信者を確認した。研究開発部の責任者だった。

「どうした、トム？」

「すまない、リッキー、問題が発生した」

「問題？　すでに生産段階に入っている」研究開発部で問題が起こるはずはないが」

「だからこそ弁護士に相談しないと。ドイツのメーカーが、我が社の商品に酷似したゲームを出した」

「まさか冗談だろう？」

「それが冗談じゃないんだ。うちの部でこれから双方のゲームを比較してみるが、あいにくそれには数日かかる。その間、弁護士に相談してくれないか」

「結果が出たら、すぐに知らせてくれ」

リッキーは通話を終え、弁護士に電話をした。

翌日の夕方六時、リッキーは研究開発部との何回目かの電話を切った。ゆうべは食事もせず、眠れなかった。ひっきりなしに電話を耳に当てていた。疲労困憊《こんぱい》していて、ティムとジェニファーの家での夕食会は欠席しようかと考えていた。しかし、友人同士の集まりに顔を出さなければ、さらに余計な詮索を招くだろう。ドイツのメーカーがたまたまリッキーと同じ時期に同じゲームのアイディアを思いついたのか、あるいは部下の誰かがリッキーの案を売ったのか。それがわかるまでは何事もないようにふるまうのがいいだろう。

リッキーはエロイーズの部屋のドアをノックした。

彼女は笑顔でドアを開け、黒いウールのケープをリッキーに手渡した。

それを彼女の肩に着せかける。「きれいだ」

本当にきれいだった。シンプルな黒いワンピースとパールのネックレス姿でも、エロイーズはすばらしくきれいだ。

「あなたもすてきよ」

リッキーは自分の黒いスーツと白いシャツと細いブラックタイを見下ろした。「これでいいかな?」

「セミフォーマルね。ぴったりよ」

エロイーズはドアへと進み、一階まで四階分の階段を駆けるようにして下りた。リッキーは疲れていて、ついていくのがやっとだった。やはり夕食会はキャンセルすべきだったかもしれない。一睡もしていないし、それにエロイーズも妙に急いでいる。まるで今夜の予定をさっさとすませたがっているようだ。こんな調子では計画はうまくいかないだろう。

エロイーズはリムジンに駆け寄り、ノーマンがドアを開けると、急いで乗り込んだ。

リッキーはそれよりやや遅れて車内に入った。

「今夜は急いでいるようだね」

「なんとなく落ち着かないの」

「心配いらないよ。ティムとジェニファーはとても気さくだから」リッキーはあくびを嚙《か》み殺した。

エロイーズは安堵《あんど》した。リッキーがあくびをしそうだったからだ。つまり、二人でいても、もう神経質にはなっていないようだ。むしろ退屈しているらしい。言い換えれば、エロイーズが自分の気持ちをうまく隠せたということだ。このまま隠し通せば、取り引きが危うくなる心配はない。

エロイーズはシートの上で背筋を伸ばし、リッキーにほほえみかけた。「大丈夫よ」

リッキーの携帯電話が鳴り、彼がため息をついた。

「すまないが、電話に出ないと」

エロイーズは〝いいのよ〟というように片手を振った。リッキーに興味がないふりをするチャンスだ。

「かまわないわ」

リッキーが電話に出ると、エロイーズは車窓の外に顔を向け、クリスマスを控えて着飾り始めた街を眺めた。オフィスビルのロビーには、背の高いクリスマスツリーがそびえ立ち、闇の中でライトが瞬いている。店のウィンドウには凝ったクリスマスの飾りつけが施され、金モールで覆われたカートの脇には救世軍が立ってベルを鳴らしている。マンホールからは蒸気が立ち上っていた。

リムジンが瀟洒《しょうしゃ》なアパートメントの前で停《と》まり、ノーマンがドアを開けたときも、リッキーはまだ電話中だった。車から降りてドアへと歩く間もそれは続き、ドアマンに中へと促されて、ようやく電話を終えた。

「すまなかった」

エロイーズは笑顔を作った。「いいのよ」

二人は黙ったままエレベーターに乗った。ドアが開くと、そこは豪華なペントハウスだった。一面の窓の前には巨大なクリスマスツリーが立ち、大理石の暖炉に赤い靴下が二つぶら下がっていた。部屋には光と色が溢れ、温かく居心地のいい、昔ながらのクリスマスといった風情だ。

ティムとジェニファーが二人を抱擁で迎え、上品な大理石の暖炉の前にいる何組かのカップルのところへと案内した。

皆で談笑しているところに執事がやってきて、夕食の準備ができたと告げた。案内されたマホガニーの長いテーブルには、磁器やクリスタルが並んでいた。皆が席につき、サラダが運ばれると、ふたたび活発な会話が始まった。

エロイーズは軽やかな気分になった。カラフルなクリスマスライトやきらめく飾りに囲まれて気さくな人々と一緒にいると、心からリラックスできた。だがいちばん大きいのは、偽りの恋人との間にあった奇妙な緊張が消えたことだった。今日はダンスもないし、互いの体に触れる必要もない。リッキーに惹《ひ》かれていることや、逆に彼が自分に惹かれていないことを気にする必要はない。ただおしゃべりさえしていればいい。簡単なことだ。

夕食が終わり、男性陣は葉巻を吸うため書斎に引っ込んだ。

リッキーへの気持ちを抑制できたことに、エロイーズはほっとしたが、ふと見ると、暖炉の前に一緒に座った女性陣が好奇心の溢れる目でこちらを見つめていた。

「リッキーがまた誰かとつき合うとは思わなかったわ」

エロイーズはここぞとばかりに笑顔を見せ、ワイングラスを手に取った。「あら、彼、そんなに頑固じゃないのよ」

ジェニファーの表情が沈んだ。「でも、あの悲劇のあと四カ月間、誰とも話さなかったのよ」

エロイーズは表情を変えなかったが、内心は顔をしかめた。悲劇？

レストランチェーンのオーナーで、フレッドの妻であるミュリエルが言った。「リッキーはこのまますべてを失ってしまうんじゃないかと、フレッドは言っていたのよ。仕事も何もかも。でも……」と彼女はジェニファーに顔を向けた。「半年後だったかしら？　ようやく仕事に戻ったのよね」

失恋で半年間も仕事を休むだろうか？

「半年も休んでいたの？」

「その間、食事もろくにしていなかったようよ」

ただの失恋ではないと思った。何があったのか知りたかった。尋ねようと口を開きかけたが、思い直した。私はリッキーの恋人なのだ。恋人なら当然知っているはずだ。それらしいふるまいをしなくては。

エロイーズは静かに言った。「リッキーにとってはとてもつらい時期だったわ」

ジェニファーがぽんぽんとエロイーズの手を叩いた。「だからこそ、彼に恋人ができて本当によかった」

エロイーズはほほえんだ。「私もよかった」だが、頭の中は混乱していた。半年も仕事を休むなんて、どんな失恋をしたのだろう？

でも、知らなくていいことなのだ。知らせる必要がないからリッキーは話さなかったのだ。

しかし、自分にそう言い聞かせても効き目はなかった。好奇心が頭の中で膨らみ、ほかには何も考えられなかった。

四十分後、男性たちが書斎から戻ってきた。翌朝は皆が仕事だが、中でもリッキーはベルリンにいる弁護士と電話会議のため早起きしなくてはならず、エロイーズとともに一足早くいとまを告げた。

彼がウールのケープをエロイーズの肩に着せかけ、彼女をエレベーターへといざなった。

自分が口を挟むことではないとわかっていても、エロイーズは好奇心を抑えられなかった。純粋にリッキーが心配でもあった。エレベーターで二人きりになったら、何があったのか訊《き》いてみよう。

だがエレベーターのドアが閉まりかけたとき、デニス・マーゴリスと妻のビニーが飛び乗ってきた。

デニスが両手をこすり合わせた。「暖炉のそばに座っていたから、きっと外の寒さがこたえるな」

ビニーが夢見るようにため息をついた。「寒いほうがいいわ。クリスマスには雪が降らなくちゃ。そうよね、エロイーズ？」

「えっと、ええ。雪はいいわね。とくにクリスマスの雪は」

そう言ってリッキーに笑みを向けた。彼も笑みを返してくれるものと思いながら。確かに彼もほほえんだが、それは唇が弱々しく持ち上がっただけの笑みだった。疲れているのかもしれない。

ロビーを通り抜け、凍える夜気の中に足を踏み出した。リムジンに乗ろうとしたとき、またリッキーの電話が鳴った。エロイーズが車に乗り込むと、彼はドアを閉め、歩道に立ったまま電話に出た。二十分後、ノーマンがふたたびドアを開けると、満面に笑みを浮かべたリッキーが乗り込んできた。

「いい知らせ？」

「ああ、大惨事をまぬがれた。ヨーロッパの会社を相手に闘わなくてはならないと覚悟していたが、間違いだったんだよ。研究開発部が問題のゲームを入念に調べたところ、早合点だったとわかったんだ」

なんの話かエロイーズには見当がつかなかった。

「それはよかったわね」

「最高だ。面倒なことになると思っていたからね」

エロイーズはしばらく黙っていたが、渋滞で車が動かなくなると切り出した。「今日の女性陣が言っていたわ。あなたに恋人ができてうれしいって」

「そうか」

「何があったの、悲劇って？」エロイーズは唇を舐《な》め、勇気を奮い起こして言った。「みんなは、当然私も知っていると思い込んでいたけれど」

リッキーがエロイーズに顔を向けた。眠たげだった茶色い瞳が、急に冷たくよそよそしくなった。

「そうだろうな」

エロイーズはごくりと唾をのみ、見知らぬ他人の暗く恐ろしい瞳を見つめた。「だから私も知っていたほうがいいんじゃないかしら」

リッキーが窓の外に目をやり、それからまたエロイーズを見た。「僕が君と一緒にいて気楽な理由の一つには、君がそのことを知らないからだ」

「でも、知っておいたほうが本物の恋人らしいわ」

「逆効果だ。君はきっと僕を憐《あわ》れむだろうから」

憐れむ？　いったい彼に何があったのだろう？

エロイーズを部屋まで送っていったあとで、リッキーは四階分の階段を駆け下り、リムジンへと歩いた。彼がシートに座ると、ノーマンがエンジンをかけ、車を発進させた。

今日はすばらしい夕食会だった。〝お前にはもったいない美人だ〟と、エロイーズのことを友人たちにからかわれるのも楽しかった。

だが、急にエロイーズがブレイクのことを尋ねてきたときは、まるで列車にぶつかったような気分だった。この二日間、息子のことを忘れていた。仕事の難題と、偽装恋愛のことで頭がいっぱいだった。

一年半の間、息子が僕の人生のすべてだったのに。

それを忘れるなんて。

リッキーはノーマンとの間にあるガラスをこつこつと叩いた。仕切りがすっと開いた。

「病院に行ってくれ」

ノーマンがバックミラーでリッキーを見た。「もう夜中ですよ」

「カードキーもあるし、身分証明書もある」

ガラスが閉じると、リッキーはシートの背に寄りかかり、絞り出すように息を吐いた。伴侶のように離れない痛みが、またしてもリッキーをとらえていた。三十分後、リムジンが停まってドアが開き、リッキーは車を降りた。

カードキーを使って病院に入る。冷静かつ確かな足取りで、静まり返ったロビーを進み、小児科病棟の集中治療室《ICU》へと上った。

ガラスの壁の前で立ち止まり、いたいけな子供たちを見つめた。必死で生きようとする子供たちを。

「ミスター・ラングレー？」

振り向くと、夜勤の看護主任のレジーナ・グラントがいた。「やあ、レジーナ」

「どうかなさいましたか？」

「いや、どうもしないよ」だがリッキーがなぜここにいるのか、レジーナにはわかっているはずだった。彼の気前のいい寄付のおかげで、この病院は床を改修し、新しい設備を購入した。レジーナは彼の苦しみを知っているのだ。

息子に会いたい。切ない思いが込み上げ、リッキーの魂を責め苛《さいな》んだ。どうしてこんなことになってしまったのだろう。だが、世の中にはもっとつらい思いをしている人が大勢いる。

「ここに来たのは、自分が恵まれていることを思い出すためだ」

「ええ。何があろうと、人生は続いていくんです」

悲しみがさざ波のように押し寄せた。息子の笑い声、抱きしめたときのぬくもり、絶対的な信頼。同時に、馴染《なじ》みのない不安も感じた。確かに人生は続いていく。だが息子を忘れたくはない。絶対に。

長い沈黙のあとで、レジーナがリッキーの腕に手を置いた。「こうしたらどうでしょう？　真夜中にここに来るのではなく、少し触れ合ってみたら」

リッキーはレジーナを見た。「子供たちと？」

「ええ。通常の面会時間にいらっしゃって、エレベーターを降りて左へ行くと、ナースがいます。プレイルームに案内しますから、子供たちに本を読んでやってください」

リッキーは何も言わなかった。レジーナは背を向け、向こうに行きかけたが、立ち止まってまたリッキーに顔を向けた。

「子供たちを元気づけてやってください。子供たちは励ましを必要としています」

リッキーは鋭く息を吸い、レジーナの後ろ姿を見送った。

4

月曜の朝、エロイーズが目を覚ますと、そこは現実の世界だった。仕事用のパンツを穿《は》き、厚手のセーターとフードつきのコートを着て、マフラーを巻き、ミトンをはめた。地下鉄でマンハッタンへ行き、混み合うエレベーターに乗って二十九階にある〈ピアソン・ピアソン・レベントリー・ダウニング法律事務所〉に着いた。

ミトンとマフラーを外し、部屋の隅にあるコート掛けにコートをかけた。エロイーズはこの狭い部屋で十台のファイルキャビネットに囲まれ、ティナ・ホーナーと一緒に働いている。

両手をこすり合わせながら、ティナが入ってきた。

「雪が降ればいいのに。そうしたら寒くても我慢できるわ。クリスマスっていう感じがするから」

「ゆうべ、同じことを言っていた人がいたわよ」

「やっぱり私だけじゃないのね。雪もなくただ寒いだけなんて、何かごまかされているような気分」

エロイーズは席につき、パソコンの電源を入れた。

「ええ、ビニー・マーゴリスもあなたと同意見」

「ビニー・マーゴリス？」ティナがひゅうっと口笛を吹いた。「誰かさんったら、すごい出世ね」

エロイーズは笑った。「違うの。知り合いの男性に頼まれて、一緒にクリスマスパーティーへ行ったのよ。彼には恋人がいないんだけど、同伴者がいれば、そのことでうるさく言われないでしょう？」

ティナがコートを脱いだ。「いとことデートしているようなものね」

「そういう感じじゃないけど。でも一緒に出かける見返りに、仕事に繋《つな》がるような人を紹介してもらうの。正規の仕事に就くための」

ティナがエロイーズの向かいの席に座った。「よさそうな取り引きね」

「ええ。でもそろそろ終わりにしようかと思って」

「どうして？　仕事が見つかるかもしれないのに」

「少し気になることがあるの。彼に恋人がいないのは、ひどい失恋をしたからだと思っていたけど、ゆうべ彼の友人の奥さんたちが話していたの。〝あの悲劇のあと〟って」

「悲劇？　ひょっとしたら恋人が亡くなったのかも」

なるほど。「ありうるわね」

「インターネットで調べてみたら？」

「仕事が終わったら図書館に寄ってみようかしら」

「それがいいわよ」

エロイーズは気が楽になり、法律文書を作成する作業に取りかかった。結局、仕事が長引いて図書館には寄れず、落胆と好奇心でその夜は眠れなかった。

ベッドで横になりながら、考えた。彼と出会って以来、ひたすら彼の力になろうと週末は夢中でドレスを手直しし、一緒に出かけては、彼の友人たちに好印象を与えるようにふるまった。リッキーが喜べば、自分もうれしかった。忙しくて、過去についてよくよくする暇もなかった。夫を亡くしてから初めてのことだ。

リッキーのことは調べずに、このままでいたほうがいいのかもしれない。自分自身の悲しみを乗り越えるためにも。

金曜の夜、リッキーはエロイーズのアパートメントの階段を、重い足取りで上っていた。気が滅入《めい》り、今日の予定は中止にしようかと考えた。レジーナに言われたように、月曜の夜、子供たちに本を読み聞かせに病院へ行ったのだが、やめておけばよかったと思った。苦しむ子供たちの姿は見たくなかった。

ブレイクを思い出し、自分の愚かさを思い出した。自分がブレイクを引き取っていれば、息子は死なずにすんだのだ。ブレイクの母親は遊び好きで、子供のいる生活に馴染《なじ》めなかった。こちらが親権を求めれば、喜んで渡してくれただろう。だが、リッキーは求めなかった。自分に対する怒りで心臓の鼓動が速まり、いたたまれずにプレイルームを出た。子供たちはリッキーが本を読みに来たことさえ知らないのだから、なんの影響もなかった。

エロイーズがドアを開けた。彼女のドレス姿を見て、リッキーはまばたきをした。淡いブルーの生地が、ピンク色の肌とブロンドによく似合っている。布地はラメを織り込んだように輝いていて、彼女はまるでスノードームの中に閉じ込められたプリンセスのように見えた。

心臓がどきんと鳴った。「きれいだ」

エロイーズがにこりと笑う。「デートは偽物でも、ドレスを褒められたときのうれしさは本物だわ」

リッキーがエロイーズのケープを受け取ると、彼女はそれを着せかけてもらうため、くるりと背を向けた。今日のドレスは背中がきちんと覆われていて、リッキーは安堵《あんど》した。屋根のように頭上を覆っていた憂鬱が少しだけ晴れた気がした。「褒められて当然だ。古いドレスを自分で直すとはね」

二人は階段へ向かうため廊下を歩いた。「でも五年前にはどれも流行のドレスだったのよ」

「大学入学後は、授業料が最優先になるからな。金持ちの出身でなければ、服を買う余裕はなくなる」

エロイーズの顔を奇妙な表情がよぎった。目にはわずかに苦痛の色がある。何か気に障っただろうか。だが、彼女はこう言っただけだった。「そうね」

リッキーの好奇心が頭をもたげた。エロイーズにも何か過去があるのかもしれない。しかし、彼はその思いを振り払った。自分にも自分の過去がある。エロイーズの過去は、取り引きとは関係ない。

劇場街にあるホテルへ向かう車の中で、二人はエロイーズの仕事やリッキーの忙しい日常について話した。クリスマス用にライトアップされたタイムズスクエアは、息をのむ美しさだった。玩具店のウィンドウは、サンタクロースの工房に姿を変えている。

初めてブレイクをここに連れてきたときの記憶がよみがえった。だがリッキーはそれを断ちきって、エロイーズとともにリムジンを降りた。

今夜もまた寒い夜で、外に一歩足を踏み出したエロイーズが、小さく体を震わせた。自然に手が伸び、彼女を抱き寄せようとして、リッキーは寸前で思いとどまった。

エロイーズといると、いろいろなことがとても自然だった。そのほうが計画の遂行には好都合だが、互いのためにならない。パーティー以外の場では、距離を置くようにしたほうがいいだろう。

小さな階段を上ってホテルのロビーに入り、案内されたエレベーターで会場に向かった。エレベーターのドアが開くと、賑《にぎ》やかな音楽が聞こえてきた。

エロイーズがリッキーを見た。「遅刻したかしら?」

「いや、時間どおりだ。プレストンは音楽プロモーターでね。予測できない行動をする。パーティーも早く始めたければ、早く始めるのさ」

エレベーターを降りたエロイーズを、プレストン・ジェンキンズが両手を広げて迎えた。すでに酔っている様子のプレストンは、二人のコートを受け取り、ボディガードと思《おぼ》しき巨漢の男に手渡した。

そして、エロイーズを大げさに抱きしめた。「噂《うわさ》にたがわぬ美人だ」彼はろれつの回らない口で言った。

「楽しみだな。あそこに宿り木があるだろ?」

エロイーズの目が大きく見開かれた。プレストンは彼女にキスするつもりなのだ。とんでもない!

リッキーは憤った。「彼女は僕の連れだ。お前のようなやつにキスさせると思うか?」

プレストンがリッキーの腕をぴしゃりと叩《たた》いた。

「何を言っているんだ。僕がキスするんじゃない。みんなの写真を撮っているんだよ。宿り木の下でキスをしてもらってね」カメラを掲げたボディガードを指差しながら、プレストンがにやりと笑った。

「エロイーズにキスするのは君だ」

時間が止まった。

エロイーズがまばたきをしながらリッキーを見た。きれいなブルーの瞳が驚いたように見開かれている。柔らかなブロンドのカールが顔を縁取り、ピンク色の唇が開いていた。

リッキーの脈が速まった。キスなど二年以上していない。エロイーズの背中に触れただけで、興奮が体を駆け巡ったのだ。唇を重ねたら、いったいどうなることか。

振り向いてプレストンを見ると、オーバーに手を振っていた。「早く！　カメラが待っているぞ！」

リッキーはもう一度エロイーズを見た。欲望で肌が痺《しび》れた。キスしたい。ただのキスじゃないか。今キスしなければ、計画がばれてしまうかもしれない。

顔を下に向け、エロイーズの唇にそっと唇を重ねた。柔らかくなめらかな唇は、ペパーミントの味がした。天にも昇る心地だ。

さらに唇を押し当てる。純然たる欲望が、魔女の調合する薬のようにぐつぐつと沸き上がった。危険な火遊びだとわかっていても、やめられなかった。

一度きり、今だけだ。

リッキーの唇が貪欲に動き始めると、エロイーズの体から血がいったん引き、次の瞬間、温かな興奮となっていっきに流れ込んだ。最初は優しい、手探りのキスだった。やがてリッキーの両手が、エロイーズの腕から肩へと滑り、わずかに体を引き寄せた。唇が少しだけきつく押し当てられると、エロイーズはとろけた。

何も考えられなかった。息もできなかった。いくつもの感覚が襲いかかってくる。アフターシェーヴローションのさわやかな香り。肩をつかむ両手の力強さ。強く押し当てられたかと思うと、次の瞬間にはためらう柔らかい唇。いけないと思いつつ、エロイーズは唇を開き、彼を誘った。

キスが急速に激しさを増す。舌と舌が絡まり、バストに厚い胸板が押しつけられた。

やがてリッキーが顔を離し、二人はじっと目を見つめ合った。やがてパーティーの音楽が聞こえてきた。そしてプレストンの笑い声が。

プレストンはボディガードの隣で、デジタルカメラにおさめた写真を眺めていた。「いい写真だ。若い恋人同士。じつにいい。さあ、中へ」

リッキーが作り笑いをし、プレストンに適当に言い返して、パーティー会場へとエロイーズをいざなった。ドレスの生地がさらさらとこすれる音や、部屋いっぱいに広がる針葉樹とバニラの香りが、急にはっきりと感じられた。まるで偽りの恋人とのキスが、感覚を呼び覚ましたようだった。

「すまなかった」

「いいのよ」声がうわずった。「これも取り引きのうちだわ」

でも、あれは必要以上のキスだった。彼とは距離を置いておくべきなのに。

食事をしていても、ダンスを踊っていても、エロイーズは落ち着かなかった。そして二人は早々にパーティー会場をあとにした。

だが帰りのリムジンの中で、隣にいるリッキーがじっと窓の外を眺め、まるで途方に暮れた様子なのを見て、エロイーズは自分を叱った。今夜の私はずっとよそよそしい態度を取っていた。リッキーは不幸な経験をし、ただクリスマスを楽しく過ごしたいと願っているだけなのだ。それなのに、私は自分のことしか考えていない。

エロイーズは首を振った。いったい私は何をしているの？　ようやく人生に意味を見出《みいだ》したのだ。なのに、たった一度のキスで動揺するなんて。リッキーが本当に求めているものを与えなくては。喜びと幸せに溢《あふ》れたクリスマスを。心から彼を思い、喜びを与える人間になろう。

リッキーはエロイーズを玄関ドアの前まで送り、一瞬、おやすみのキスをしようかと考えた。宿り木の下で交わしたキスを、頭から追い出すことができなかった。

いや、いったい何を考えているんだ？　僕の憂鬱な人生には、女性の入る余地などないはずだ。

　エロイーズが控えめにほほえんだ。「楽しいパーティーだったわ」

「まったく、プレストンにはまいるな」

「きっと楽しいことが好きなのね」そう言って彼女はリッキーの蝶《ちょう》ネクタイをまっすぐに直し、彼のコートの襟に両手を滑らせた。「私たちも、もっと楽しむべきなのかも」

　リッキーはエロイーズの顔を見つめた。きれいなブルーの瞳、温かなピンク色の唇、優しいほほえみ。彼女は本気だ。本気で僕に楽しんでほしいと願っている。

　甘い温かさが体に溢れ、奇妙な感覚に胸が締めつけられた。やがて彼は気づいた。これは愛情だと。

　僕はエロイーズに魅力を感じているだけではない。彼女を好きになり始めている。

　だが、それは間違いだ。

　リッキーは一歩後ろに下がった。「それとも、いつもこうして早々に帰るべきなのかもしれない」

　エロイーズの返事を待たずに、リッキーは背を向け、階段を下り始めた。今後何があろうと、エロイーズにキスはするまいと誓いながら。


　翌朝、リッキーはエロイーズに電話し、今夜のパーティーはジーンズとセーターでいいと告げた。今夜は同窓会だ。エロイーズの明るい声を聞くと昨日のキスが思い出され、彼はすぐに電話を切り、仕事に没頭した。感情を乗り越えるには仕事がいちばんだ。

　電話が鳴ったのは、二時間ほど経《た》ったときだった。リッキーは上の空で出た。「もしもし？」

　タッカー・エングルの笑い声がした。「友達に向かってずいぶんな電話の出方だな」

　リッキーはペンを机の上にぽんと投げ、笑いながら椅子の背に寄りかかった。「ケンタッキーはどうだ?」

「そり滑りとココアにどっぷりつかっているよ」

思わず頬が緩んだ。仕事の虫だったタッカーが何週間も田舎で過ごすとは。「退屈か?」

「いや、むしろ楽しくて帰りたくないくらいだ。ただ、ちょっと急な用事ができてね。力を借りたい」

リッキーは姿勢を正した。タッカーにはずいぶん世話になっている。「なんでも言ってくれ」

「僕が投資している会社で会議がある。僕の代わりに出席して、コメントを述べてもらいたいんだ」

「お安い御用だ。住所と日時を教えてくれ」

「それが今日なんだ。土曜だから無理かな?」

「いや、大丈夫だ。長引くようなら、同窓会には遅れていくとエロイーズに電話するよ」

言ったとたん、しまったと思った。

すかさずタッカーが言った。「ということは、この間のパーティーの帰りにエロイーズと意気投合したわけだ」

リッキーは顔をしかめた。「まあ、そんなところだ」

「よかった。お前はずっとつらい時期を過ごしていたからな。エロイーズにもデートの相手ができてよかった。彼女も不運な目に遭ってきたから」

〝不運な目〟? 大学の話が出たときに、エロイーズの顔をよぎった表情を思い出す。タッカーはどうやら、僕の知らない話を知っているらしい。

尋ねようと口を開きかけたが、思いとどまった。自分が気にする問題ではないし、知る必要もない。

だが、電話を切った一時間後、タッカーの代わりに会議に出る支度をしながら、リッキーはエロイーズの瞳に浮かんだ奇妙な表情を頭から追い払えずにいた。結局、好奇心に勝てず、彼は自分で考案した検索エンジンにエロイーズの名前を打ち込んだ。

土曜の午後遅く、エロイーズは出かける支度に取りかかった。今夜のパーティーは形式張らない同窓会だ。会場はミッドタウンのパブ。リッキーは今朝の電話で、ジーンズとセーターでいいと言っていた。

だが、男性は友人の前では見栄《みえ》を張りたいものだろう。それにエロイーズの目的は、リッキーに楽しい時間を過ごしてもらうことだ。だから服装も入念に選んだ。とっておきのエメラルドグリーンのカシミアのセーターを着て、髪はポニーテールにし、華やかに見える程度に少しだけメイクをした。

リッキーを悲しみから抜け出させてあげたい。

リッキーが到着し、エロイーズにフードつきのコートを着せかけ、二人でリムジンに乗った。

「ところで、君は結婚していたんだな」車が走り出すと、リッキーが言った。

「え？」

リッキーがエロイーズを見た。冷たくまっすぐな視線だった。「既婚者だ。インターネットで君の結婚証明書を見つけた。だが、離婚証明書は出てこなかった。つまり、君は結婚しているということだ」

心臓が早鐘を打ち、血の気が引いた。なんと返事をしたらいいのかわからなかった。驚きと怒りがぶつかり合い、胃に苦いものが込み上げた。

「自分にも秘密があるのに、人の秘密はためらいなく暴くのね」

「暴こうと思ったわけじゃない。君が大学の話を避けているようだったので、気になって調べただけだ」

その声は誠実だったが、わずかに腹立ちを含んでいた。当然だろう。デートの相手に夫がいたのだ。

エロイーズは息を吸った。「夫は死んだの」

「死んだ？」

エロイーズはうなずいた。

リッキーがため息をついた。「そうか、悪かった」そう言って彼はかぶりを振った。「まさか死別だったとは」もう一度かぶりを振る。「本当に悪かった」

「でも、あなたは今日の約束をキャンセルしなかった。私に説明の機会を与えてくれたのね」

「僕には君が必要だからね。それに、君はとてもいい人だから」リッキーが肩をすくめた。

「駆け落ちしたの。相手はタトゥーをしたバイク乗りだったわ。愛し合っていたけれど、結婚は間違いだった。たった二カ月で行きづまったわ。彼は一日中、自宅や友達の家のガレージで、ビールを飲んで話をしているだけだった」

リッキーはエロイーズの目を見ただけで、何も言わなかった。

「私はウエイトレスをして生活を支えたわ。こんな話をすると、まるで私が、働かない彼に愛想を尽かしたように聞こえるかもしれない。でも、そうじゃない。彼のことは変わらずに愛していた。ただ結婚は間違いだったの。私は彼と別れようとした――」

「でも？」

「でもそんなとき、彼が癌《がん》と診断されたの。それから三カ月、私は化学療法を受ける彼を支え、身の回りの世話をした。そのときになって初めて、二人でじっくり話をしたの。そしてわかった。仕事が見つからなくて、彼が死ぬほどつらいと思っていたこと。私に養われながら、あえて平気なふりをしていたことが」エロイーズは言葉を区切った。「やがて彼が死に、それからずっと私は自分に腹を立ててきた。罪の意識を感じてきたの。自分はなんということをしたんだろうって。彼と別れようとしていたなんて。彼は独りぼっちで死んでいたかもしれないのに」

リッキーは黙ったままエロイーズを見つめていたが、やがて言った。「悪かった」

「あなたのせいじゃないわ」

リムジンが停《と》まり、二人は車を降りた。

　パブに足を踏み入れると、賑やかなざわめきが押し寄せてきた。コンビーフとキャベツの匂いがする。リッキーが奥の部屋へとエロイーズをいざなった。丸テーブルに、リッキーと同年代の三十代半ばの人々が座っていた。ビリヤード台の周りには、痩せて背の高い男性が六、七人いる。二つあるダーツボードには四、五人が集まっていた。

　女性は七人ほどいて、談笑していた。そのうちの三人は知った顔だった――ジェニファー、ミュリエル、ビニー。

「リッキーだ」

　皆がこちらを見た。リッキーはレザージャケットを脱ぎ、壁のフックにかけてから、エロイーズのコートを受け取った。暖かな琥珀《こはく》色のセーターに包まれた彼のたくましい肩と厚い胸板を目にし、エロイーズは息をのんだ。ジーンズに包まれた腰の形も完璧だ。

　何を考えているのとエロイーズが自分を叱ったとき、リッキーがエロイーズのエメラルドグリーンのセーターから、ぴったりしたジーンズへ、そして長いブーツへと視線を走らせた。

「きれいだ。いつもありがとう」

　温かな息が耳をくすぐった。彼はいい香りがした。まさに聞きたかった言葉だ。過去を打ち明けても、二人の関係は変わらなかった。

　背の高い痩せた男性がこちらに歩いてきて、リッキーにビリヤードのキューを渡した。「去年は四回負かされたからな。今年は勝つぞ」

　リッキーはキューを受け取りつつ、ちらりとエロイーズを見た。

　エロイーズはにこりと笑った。「行って楽しんできて。私はかまわないから」

　そう言って向きを変え、集まっている女性たちのほうへと歩いたが、ふと思いついてリッキーに訊《き》いた。「ビールを持ってきましょうか?」

リッキーが笑顔を見せた。本物の笑みだった。

二人の視線がぶつかり合う。そのとき、互いの関係の一つの扉が閉まり、もう一つの扉がゆっくりと開いたのがわかった。エロイーズはもうリッキーの助けを必要としている貧しい娘ではなかった。過去を明かした一人の女だ。そしてリッキーは、もう同伴者を探しているただの実業家ではなかった。エロイーズの話に耳を傾け、理解してくれた人だ。

「ああ、頼む」

「奥のテーブルの上にビールピッチャーがある」ビリヤードの勝負を挑んだ男性が教えてくれた。「ピザやチキンもあるから自由に取ってくれ」

エロイーズはもう一度リッキーに笑顔を向けた。

「持ってくるわね」

彼女はビールのグラスとピザを二切れのせた紙皿を持って戻り、それをビリヤード台近くのテーブルに置いたことをリッキーに知らせてから、おしゃべりに興じている女性たちのほうに歩いていった。

「さあ、白状して。どうやってリッキーを誘い出すことに成功したの? しかもクリスマスの時季に」

エロイーズは自分用に持ってきたビールのグラスを掲げ、リッキーの友達の恋人たちにほほえんだ。

「日曜に言ったとおりよ。リッキーとは共通の友人のクリスマスパーティーで知り合ったの」

「はじめまして、私はミスティー」短い黒髪の女性が手を差し出した。

「よろしく」その手を取り、握手をする。

ほかの女性たちも自己紹介した。だがエロイーズは日曜の夕食会のことを思い出していた。女性たちが言っていた〝悲劇〟という言葉。

ちらりとリッキーを見た。エロイーズが亡き夫の話を打ち明けたとき、リッキーも彼の過去を話そうと思えば話せたはずだ。でも彼は何も言わなかった。どうでもいいことだと自分に言い聞かせる。私たちは取り引き上の関係にすぎないのだから、と。だが納得できなかった。考えてみれば、取り引きがうまくいくように努力しているのはエロイーズだけだった。リッキーは何もしていない。まだ一度も面接にさえ漕《こ》ぎつけていない。私は秘密まで打ち明けたというのに。

リッキーはビリヤードをしながら、エロイーズが皆と打ち解けて話す様子を見つめていた。

車の中で彼女の過去を聞いたときは驚いた。誰かの死に罪悪感を抱く気持ちはよくわかる。人々は悲しみしか理解しないが、リッキーには罪悪感が理解できた。

ビリヤードをもう一ゲームしようとして、ふとテーブルのほうに目をやった。恋人がいる男たちは連れの女性と一緒に座っているが、同伴者のいない男たちはエロイーズの周りに集まっていた——しかも、大多数が同伴者のいない男だった。

ジョナサン・ホープウェルを相手に勝負をしているとき、テーブルから笑い声が聞こえてきた。見ると、カイル・バニスターがエロイーズの後方の椅子に座って身を乗り出し、彼女に話しかけていた。エロイーズは愛らしく笑い、首をひねってカイルを見ていた。リッキーは思わずショットをミスした。

エロイーズが何か言い、カイルが笑う。そしてカイルが手を伸ばしてビールピッチャーをつかみ、エロイーズと自分のグラスに注《つ》ぎ足した。

「お前の番だぞ」

リッキーは顔を巡らせ、ジョナサンを見た。「悪い」

「退屈なのはわかる。負け知らずだからな。だが、せめて僕に手こずるふりくらいしてくれないか」

リッキーは笑い、ショットをしようとかまえた。だがキューを前に突き出そうとした瞬間、エロイーズの笑い声が聞こえてきて、打ち損ねた。

「わざとやっているのか？」

「いや、ちょっと集中できなくて」

ジョナサンがリッキーの視線をたどる。「やきもちか？」

「ばかな」エロイーズは契約上の恋人だ。

ジョナサンが三つの的球を難なくポケットに沈めた。「お前でもやきもちを焼くとは」

「やきもちじゃない」

エロイーズが笑う声がふたたび聞こえた。やきもちではない。やきもちなど焼く理由がない。

リッキーはキューを台の上に置いた。「お前の勝ちだ。次の挑戦者の相手はお前がしてくれ」

「みんなはお前と勝負したいんだぞ」

その言葉を聞き流しながら、リッキーは自分の友人と話しているエロイーズをじっと見つめた。

「エロイーズ」テーブルに近づきながら声をかけた。

顔を上げた彼女の明るく幸せそうな瞳を見て、リッキーの胃は急降下した。僕と一緒にいてエロイーズがこんな目をしたことがあるだろうか。

「リッキー」エロイーズが自分の椅子をずらし、リッキーが椅子を置くスペースを作ると、誰かがさっそく椅子を持ってきた。「カイルから聞いたんだけど、彼の会社で人事担当者を雇う予定があるんですって」

リッキーはカイルに目をやった。カイルが後ろめたそうに顔を赤くする。「ほう？ まだ会社は立ち上げ段階だと思ったが」

「そうなんだが」カイルが弁解するように言った。

つまり、当分の間、人事担当者など必要ないはずだ。リッキーはあえてそれを口にはしなかったが、カイルには伝わったようだ。

「僕はビリヤードをしてくるよ」カイルが言った。

「それがいい」

エロイーズが隣の椅子を軽く叩いた。「座って」

「もう帰りたい」自分でも信じられないせりふだった。まるで拗《す》ねた子供のようだ。

だがエロイーズは何も言わなかった。彼女は笑顔で立ち上がった。

リッキーは二人のコートを取りに行き、エロイーズの顔も見ずにコートを手渡した。

コートに袖を通していると、友人たちがやってきて口々に別れの挨拶をした。ひととおり挨拶が終わり、リッキーは席にいる女性たちに笑顔で手を振った。

彼女たちも手を振り返したが、心の中で何を考えているのか、リッキーには手に取るようにわかった。やはり彼にはまだ外出は無理なのだと思っているに違いない。彼は悲しみを乗り越える努力さえしないい気難し屋なのだと。

冷たい夜気の中に足を踏み出し、リッキーはふと立ち止まった。「ノーマンに電話するのを忘れていた」

エロイーズが身を縮める。「すぐに来られそう?」

「それがノーマンの仕事だからね」リッキーは携帯電話を取り出し、運転手にメールを送ってから、両手をレザージャケットのポケットに入れた。「君は僕の恋人という設定なんだ。カイルとべたべたしてもらっては困る」

「カイルは仕事を紹介してくれたのよ」

「実在しない仕事だ」

エロイーズがコートの中でさらに身を縮めた。

「そうらしいわね。あなたが彼に気まずい思いをさせたから、私にもわかったわ」

リッキーはつるりと顔を撫《な》でた。そう、僕はカイルに恥をかかせた。友達なのに。

「それにしても、パーティーでほろ酔いの男の言葉など真に受けるべきじゃない」

「言い換えれば、ほかのパーティーで誰かが仕事を紹介してくれても、真に受けるべきではないということね……もっとも、今までそんな機会があったかしら」

リムジンが到着した。エロイーズはつかつかと歩いていき、ノーマンがドアを開けるのを待たずに自分でドアを開けて乗り込んだ。

リッキーが急いであとに続く。車の脇に立ったノーマンが、リッキーが乗るのを待ってドアを閉めた。

エロイーズはため息をついた。リッキーに腹を立てている自分が嫌だった。「いいの、忘れて」

「いや、言いたいことがあるなら言ってくれ」

彼女は息を吸った。「あなたは今回の取り引きからすでに多くのものを得たでしょう。もう半分くらいのパーティーには出たはずよ。でも、私は何も得ていない。だからカイルの話に飛びついたのよ」

リッキーが不機嫌な顔を窓の外に向けた。「あんなばかげた話」

「釣られた私がばかだと言いたいのね?」

エロイーズは腕組みをした。互いに黙ったままアパートメントに到着した。ノーマンがドアを開けると、エロイーズはさっと車を降り、続いて降りようとするリッキーを制した。

「今日は部屋まで送ってもらわなくていいわ」

そう言って彼の鼻先でドアを閉め、アパートメントの建物に駆け込んだ。そして二段ずつ階段を上り、部屋に入って寝室へ向かった。

枕に頭をのせたとたん、涙がこぼれた。

結婚生活はつらい思い出だ。ウェインの病気。死。何もかも打ち明けたのに。その結果がこれだなんて。

5

翌朝、立て続けにドアをノックする音がして、エロイーズとローラ・ベスは目を覚ました。フリースのローブを羽織り、揃《そろ》ってドアへと急いだ。エロイーズのほうが早かった。覗《のぞ》き穴から外を見ると、花を抱えた少年が立っていた。

チェーンをかけたまま、少しだけドアを開ける。

「ミズ・エロイーズ・ヴォーン？」

「ええ」

少年は背の高い花瓶を通路の床に置いた。「あなた宛てです」そう言ってくるりと背を向けた。

エロイーズはあわててチェーンを外した。「待って！　チップを渡すわ」

「もうもらいました」少年はにこりと笑い、階段を駆け下りていった。

エロイーズはおそるおそるドアを開け、花瓶を手に取った。風よけの薄紙で包まれている。それを剥がすと、薔薇《ばら》、ホワイトマム、柊《ひいらぎ》などクリスマスの花束が現れた。

ローラ・ベスがドアを閉めながら言った。「誰から？」

エロイーズはカードを開き、頬を緩めた。「偽りの恋人からよ。ゆうべ喧嘩《けんか》したから」

「お金持ちだと、お店もこんなに朝早くから届けてくれるのね」ローラ・ベスは額にしわを寄せて時計を見た。「まだ五時前よ。しかも今日は日曜なのに」

「〝君の言うとおりだった〟ですって。自分が約束を果たしていなかったことに気づいたみたい。私の都合がよければ、これから運転手が迎えに来て、彼のアパートメントに連れていってくれるそうよ。そこで履歴書を見てくれるらしいわ」

「すごくロマンチックな申し出ね」

エロイーズは笑った。貧乏は〝ロマンチック〟の概念を変えてしまうようだ。「ええ、私もそう思う」

だが、リッキーへの怒りが本当に消えたのか自信はなかった。心に傷を抱えているのに、彼はその理由も話してくれない。

エロイーズはカードに書いてあったリッキーの電話番号にショートメールを送り、迎えに来てもらいたいと伝えた。それから履歴書を用意し、着替えた。

四十分後、ノーマンから階下にいると連絡が来て、エロイーズは朝の冷たい空気の中へ駆け出した。

ノーマンが車のドアを開けて押さえた。「おはようございます」

エロイーズは笑顔で答えた。「おはよう、ノーマン」

ノーマンがドアを閉め、車を出した。


リムジンが停《と》まったのは、こざっぱりしているが、贅沢《ぜいたく》とは程遠いアパートメントの前だった。エロイーズは眉根を寄せた。エレベーターもごく普通で、廊下もごく普通だ。彼女は簡素なドアをノックした。

待ちかまえていたように、リッキーがドアを開けた。「本当に悪かった」

エロイーズは笑みを作ろうとしたが、リッキーの顔を見ると、体が震えた。セーターとジーンズ姿の彼はとてもすてきで、別世界の住人とは思えないほど親しみやすく見えた。惹《ひ》かれてはいけない人だということすら忘れてしまいそうだった。

エロイーズはネイヴィーブルーのコートを脱いだ。「花束で伝わったわ」

リッキーがコートを受け取り、クローゼットにかける間、エロイーズは周囲を見回した。小さなキッチンには、濃い木目のキャビネットがあり、同じく濃い木目のテーブルと椅子が、リビングルーム部分手前のスペースの大半を占めていた。

「朝食は？」

「まだだけど、おなかは空《す》いていないの」

「ゆうべピザをひと切れ食べただけじゃないか。それでは体がもたない」リッキーはキッチンに行き、キャビネットの下のほうからフライパンを取り出した。「僕がパンケーキを焼こう」

〝僕が〟ですって？「お手伝いさんは？」

「ペントハウスと一緒にいなくなった」

「ペントハウスとお手伝いさんを同時に失ったということ？賭け事で負けでもしたの？」

「売ったんだ、ペントハウスを。メイドはその新しい所有者の下で働くことになったのさ。ここは掃除も手間がかからないしね。狭い家だから」

「売ったたって、なぜ？」

リッキーが息を吸った。「広い部屋は必要ない。それに、一人になりたかった」

おそらく悲劇のあとだろうとエロイーズは推測した。「でも、ここもいい部屋ね。モダンで。いかにも独身男性が住んでいる感じ」

リッキーは笑って、ステンレス製の冷蔵庫からミルクと卵を取り出した。

「小麦粉から作るの？」

「いや、ホットケーキミックスを使うが、ミルクと卵を加えたほうがおいしくできる」

なるほど。それは、ひと口食べてわかった。「すばらしくおいしいわ」

リッキーが笑顔を見せた。二人は食べながら、料理や住まいのこと、寒い天候などについて話をした。リッキーに尋ねたいことはたくさんあったが、詮索はやめておいた。余計なことはしないほうがいい。

リッキーはテーブルを片づけ、使った皿をさっとすすいで食器洗い機に入れた。それから二人でコーヒーカップを手に、彼が書斎と呼ぶ部屋へ向かった。

そこは本来、予備の寝室だったらしく、大きな机が狭い空間のほとんどを占めていた。机には巨大なコンピューターシステムがのっている。大型のモニターが三台、キーボードが二つ、プリンターが三台。

「すごいわね」

「ゲームのデザインをしたり、検索ソフトを考えたりしているんだ」リッキーがボタンを押すと、あらゆるもののスイッチが入った。ライトが瞬き、スクリーンが光り、小さなモーターが唸《うな》った。「履歴書は持ってきたか？」

「ええ」エロイーズは椅子に座りながら答えた。

リッキーは机に向かい、履歴書に目を通してから、それをパソコンに取り込んで言った。「まず、現在の仕事が秘書的なものだという点を強調するのはやめたほうがいいな。学位を生かした仕事を探していることが伝わるようにしたほうがいい」

エロイーズはうなずいた。

彼は履歴書を信じられないほど短く削り、大学で学んだスキルに焦点を合わせて手直しした。

それからエロイーズを紹介するメールを書いて、直した履歴書を添付し、友人四人に送信した。

「彼らには貸しがあるからね。君の履歴書を直接見てくれるはずだ」

「仕事が見つかるかしら？」

「おそらくね。とくにこのうちの二人には大きな貸しがあるからな」

エロイーズは椅子から立ち上がった。「ありがとう」

リッキーも立ち上がった。「いいんだ」

おかしな沈黙が二人を包んだ。二人は恋人同士ではないし、厳密に言えば友達でさえない。もっと言えば、互いのことをよく知りもしない。恋人同士ならさよならのキスをし、友人同士なら軽く抱き合うけれど、なんでもない者同士は、何もすることがなくただ気まずいだけだ。

エロイーズはマグカップを手に取り、いっきに飲み干した。コーヒーは冷たくなっていた。

リッキーが小さく笑う。「冷めたコーヒーなんてうまくないだろう。よかったらココアでもどう?」

部屋を出ようとしていたエロイーズは、ふと立ち止まった。彼がココアを勧めたのは、まだ帰ってほしくないからかもしれない。帰らずにいれば、リッキーも心を開いてくれるかも。

「ええ、ありがとう」

彼はエロイーズの先に立って歩き、小さなキッチンにあるボタンを押した。するとキャビネットのシャッター扉が開き、輝くステンレス製のコーヒーメーカーが現れた。

「ぴかぴかね」

リッキーが笑った。「おいしいココアがあるんだ」

彼はちらりと後ろに目をやった。「スイス産の」

「おいしそう」

ココアはすぐにできた。

リッキーがカップを片手にリビングの椅子を指差した。「立ったまま飲む必要はない」

エロイーズはリッキーの後ろに従ったが、内心緊張していた。リッキーとは二週間、一緒にパーティーに出たが、彼の友人たちも交えてありきたりの話をした以外は、ろくに会話もしていない。とくに話題もない。急にリッキーが過去を打ち明ける気になったのなら話はべつだが。

椅子に腰を下ろしたエロイーズは、サイドテーブルや暖炉の上にさりげなく置かれている彫刻に気がついた。大半はオリヴィアのクライアントの作品だ。

よかった。これで話題ができた。

「この美術品はオリヴィアのアドバイスね」

「彼女の熱意に根負けしてね」

「商売上手だから」

リッキーが笑った。「確かに」

エロイーズはココアを口に含んだ。カカオの風味が舌の上でとろけ、思わず唸った。「おいしい」

「君とオリヴィアはずいぶん親しいようだね」

「一緒に住んでいたから。大学時代からの仲なの」

「そういえばオリヴィアもケンタッキー出身だな」

「ローラ・ベスもよ」

「つまり君たちは三銃士みたいなものか」

エロイーズは肩をすくめた。「そうかもしれない。つらい時期を一緒に過ごしてきたから」

「ご主人が病気になったとき？」

エロイーズは首を横に振り、ココアを見下ろした。

「いいえ、そのときは私は一人だった。私たち三人は同じ小さな町で育ったけれど、親しくはなかったの。仲よくなったのは、私が大学に戻ってからよ」

オリヴィアがリッキーにどこまで打ち明けているかわからなかったので、エロイーズは慎重に話を続けた。「オリヴィアにもつらいことがあって、私の経験が慰めになったようなの」

「オリヴィアも誰か亡くしたのか？」

エロイーズはかぶりを振った。話題があってよかったし、それを機にリッキーも自身の打ち明け話をしてくれるかもしれないが、オリヴィアのプライバシーを犠牲にしてまでそうしてほしいとは思わない。

エロイーズは注意深く言葉を選んだ。「オリヴィアも虐げられ、見捨てられた気持ちだったから」

「ということは、君も？」

エロイーズはリッキーの目を見つめた。「ええ、私は両親に勘当されたの」

「勘当？」

「実家は裕福なの。私は両親に背き、彼らに言わせると身分の低い人と結婚して、家に恥をかかせたのよ。だから縁を切られたの」

「そうだったのか」

「ウェインが亡くなったあと、両親を訪ねたわ。すぐには許してもらえないと思ったけど、また受け入れてほしかった。悲しみを癒やしてほしかったの。愛情が欲しかった。けれども両親は家に入れてくれなかった。顔さえ見せてくれなかった。メイドが出てきて、二度と姿を見せるなと言っただけ」

「ご主人が亡くなったことを伝えたんだろう？」

「ええ、でもこれ以上ないくらい冷淡だった」エロイーズはため息をついた。「愛した人と結婚したせいで、私は家族を失ったの。まだ若すぎて、後先のことまで考えられなかったのね。毎年クリスマスの時季になると、自分が失ったものを思い知らされるわ。オリヴィアとローラ・ベスが家に帰っても、私には帰る場所がない。家がない。孤独な月日を、後悔しながら過ごしているの」

エロイーズは髪をかき上げた。おしゃべりが過ぎた。思いもしなかったことまで口にしてしまった。それなのに、リッキーは黙ったままで、慰めてくれようともしない。彼も心を開いてくれると期待した自分が、急にばかみたいに思えた。

エロイーズは立ち上がった。「そういえば日曜は洗濯をする日だったわ。もう帰らないと」

リッキーも立ち上がった。「わかった」

彼はクローゼットからエロイーズのコートを取り出した。「ノーマンに送らせよう」

「ありがとう。助かるわ」

リッキーがジーンズのポケットから電話を取り出し、メールを打った。「じきに階下《した》に来る」

「ありがとう」

恐ろしいほどの気まずさがふたたび垂れ込めた。恥ずかしさが滝のように降り注いだ。どうしてリッキーが心を開いてくれるなんて思ったのだろう？私の悩みなど、彼の知ったことではない。ただの偽りの恋人なのだから。仕事を探す手伝いをしてくれたのは、それが取り引きの一部だからだ。私のことが好きだからではない。

エロイーズは作り笑いを見せた。「今日は本当にありがとう」

「いや、いいんだ……さっきも言ったが」

「私、さっきもお礼を言ったかしら？」

「ああ」

狭い玄関ホールにふたたび沈黙が落ちた。ふとエロイーズは、べつに部屋でノーマンを待つ必要はないと気がついた。

本当に私はばかだ。いつもいつも。

ドアのほうを向くと、リッキーが手を伸ばして開けた。

エロイーズは玄関の外に出て、人気《ひとけ》のない廊下をエレベーターに向かって歩いた。いったい私はいつになったら理解するのだろう？　これはすべて偽りなのだと。

閉まったドアの前に立ち、リッキーはエロイーズを思って胸を痛めていた。彼女の打ち明け話を聞きながら、精いっぱい自分を抑えていた。本当は彼女をこの腕に抱きしめ、慰めてやりたかった。

だが、そんなことをしてなんになる？　自分もエロイーズに劣らず傷ついている。彼女が必要としているのは、強く完全な人間だ。完全で、彼女の靴下にクリスマスプレゼントを入れてやれる人物。両親に必要とされなくてもいいじゃないか……僕がいるから、と言ってやれる人物。

それができればどんなにいいか。病気の夫を看取《みと》ったエロイーズ。必要としているときに、両親に拒絶されたエロイーズ。

やってきたニューヨークでも、挫折を味わった。

孤独がどういうものか、リッキーは知っている。だが、いちばんつらかったときでさえ、電話を手に取り、父と母にかけることはできた。

エロイーズには誰もいない。

翌朝、リッキーは胸に痛みを抱えたまま仕事に行った。少なくとも僕はエロイーズに親切にしたではないかと自分に言い訳した。家に呼び、履歴書を送った。だが、言い訳してみても効果はなかった。胸の痛みは依然としてあった。ブレイクに対する罪悪感さえかすんでしまいそうな痛みだった。

エロイーズに仕事が見つかりさえすればいいのだ。そうすれば彼女も救われるし、自分も楽になる。

秘書がその日の郵便物を持って部屋に入ってきた。

「おはようございます、ミスター・ラングレー」

「机の上に置いてくれ」そう言ってから、リッキーは動きを止めた。エロイーズのことで頭がいっぱいとはいえ、ぶっきらぼうな言い方だった。「悪かった。君に八つ当たりしてしまった」

ドアへと戻りかけていたジェイニーが、立ち止まって振り向いた。「いいんです」

「いや、よくない。週末にいろいろあってね」

ジェイニーがリッキーの机の前に歩いてきた。

「大丈夫ですか？」

「ああ。なぜ？」

「だって、ボスが悪かったなんておっしゃるのは初めてですから」そう言ってジェイニーは笑みを作った。「いえ、なんでもありません。いいんです」

ジェイニーが部屋を出ていくと、リッキーもその件は忘れていた。だが、次に個人秘書のデヴィッドがやってきて、リッキーの母に贈るクリスマスプレゼントの発送を忘れていたと告げたとき、彼は声を荒らげた。「今はクリスマスシーズンだぞ！　クリスマスカードの発送で郵便は繁忙期なんだ。小包が届くには何週間もかかる。もしプレゼントが――」

そのときエロイーズの顔が頭に浮かんだ。エロイーズの両親は娘からのプレゼントさえ受け取らない。

僕には愛してくれる両親がいる。プレゼントを喜んでくれるだけでなく、僕にも贈ってくれる。僕がクリスマスに帰るのを楽しみにしているし、いつでも顔を見たがっている。足が遠のいているのをすまなく思うほどだ。

それなのに、自分はなぜこんな些細《ささい》なことで声を荒らげているのだろう？

リッキーは首の後ろをかいた。「悪かった。今日中に発送してくれればそれでいい」

デヴィッドがうなずいた。「すぐにやります」

「けっこう」

デヴィッドはドアへと歩きかけたが、ふと足を止め、振り向いた。「謝っていただかなくても大丈夫です。気にしていません。いつものことですから」

「いつものこと？」

「ええ、怒鳴られるのには慣れています」

デヴィッドが部屋を出ていくと、リッキーは窓際に行き、ため息をついた。

怒鳴る？　僕は大声ばかり出しているのか？

エロイーズを思い出して恥じ入った。彼女は孤独だが、人に嚙《か》みついたりはしない。言い合いをしたときでさえ、冷静だった。

ため息が出た。自分が怒鳴ってばかりなのは、息子を亡くして悲しんでいるからだ。罪悪感のせいだ。それは仕方がない。皆もわかってくれるだろう。

だが、今日はろくに知りもしない女性のことで胸が痛み、罪悪感で頭がいっぱいだ。

このままではいけない。エロイーズとの関係を出発点に戻さなくては。

これは取り引きなのだ。友情ではないし、断じて恋愛でもない。

ただの取り引きだ。

エロイーズの履歴書を送った先のＣＥＯたちから

は、まだ返事がない。水曜になると、リッキーは落ち着かなくなってきた。エロイーズに仕事さえ見つけてやれば、二人の間に貸し借りはなくなる。恋人同士のふりをしている他人に戻れる。だから返事がないと困るのだ。それとも、直接エロイーズに返事が行ったのだろうか？

　今日は水曜。次回のパーティーは明日だ。そのことをエロイーズに伝えておかなくては。リッキーは電話を手に取った。

「明日、またフォーマルなパーティーがある」

「そう、わかったわ。大丈夫」

　エロイーズは面接の返事をもらったのだろうか？　リッキーは彼女が切り出すのを待った。だが二十秒ほど沈黙が続いたあとで、彼はため息をついた。

「僕の友人たちから何か連絡は？」

「ないわ」

「ということは、仕事はなかったらしい」

「そのようね」

　友人たちに対する苛立《いらだ》ちが湧き起こった。同時にエロイーズが気の毒になった。幸運は舞い込まなかった。しかし、リッキーも自分の問題を抱えている。失った息子を思い、胸を痛めている。エロイーズの問題に関わっている余裕はない。仕事を探すために協力はするが、個人的に関わることはできない。

　二人の関係を取り引き上のものだけに戻したくて、リッキーは言った。「もし仕事が見つかったとしても、取り決めは十二回一緒に出かけることだ。仕事が見つかったから終わりではない」そう言ってから顔をしかめた。「すまない。きつい言い方になったが、そんなつもりではないんだ」

　エロイーズがため息をついた。「わかってるわ」

　リッキーはまた顔をしかめた。確かに自分は気難しい人間だが、それは子供を失ったせいなのだと打ち明けたい衝動に駆られた。この苦しみを伝えたい。

エロイーズならわかってくれるような気がした。

だが結局、こう言っただけだった。「ならいい」

「明日はロングドレスのほうがいいかしら？」

「ああ」そう言って言葉を切った。「よければ履歴書を送った友人たちに重ねて頼んでみてもいいが」

沈黙が返ってきた。やがてエロイーズが答えた。

「気持ちはありがたいけど、私にもプライドがあるから。彼氏のおかげで仕事を手に入れた女だと言われたくないわ」

リッキーは思わずかぶりを振った。「彼氏なんて呼ばれるのはいつ以来だろう？」

「偽物でも、あなたは恋人だから」エロイーズはリビングルームの窓の広い敷居に腰を下ろしながら、ビニー・マーゴリスと同様、雪が降ればいいのにと願っていた。ローラ・ベスは出かけていて、オリヴィアはケンタッキーだ。もうすぐクリスマスがやってくる。また今年も一人きり。誰もいない家に、高さ四十センチほどのプラスチックのツリーと、オリヴィアの母が送ってくれるクッキーがあるだけ。余計なことを考えたくなくて、エロイーズはとっさに言った。「今日はどんな一日だったの？」

リッキーが軽く笑った。「いつもと同じさ。退屈な一日だ」

「退屈？　あなたのようなやり手の実業家が？」

「始めたばかりのころは楽しかった。だが、今は同じことの繰り返しだ」

「新しいビジネスを始めてみたら？」

「新しいビジネス？」

「そう。テレビゲームの代わりに、今までと違う電子レンジ用のポップコーンを考えて売り出すの。きっとやりがいがあるわよ」

リッキーが笑った。「電子レンジ用の？」

「そうよ。私の父が大好物で……」そう言ったとたん、胸が痛んだ。いくら冷たくされても、家族には変わりない。両親が恋しくて涙が溢《あふ》れた。「ごめんなさい。誰か玄関に来たみたい。じゃあ、明日の夜に。ロングドレスね」

リッキーの返事を待たずにエロイーズは電話を切り、膝を抱えて頭をうずめた。めそめそなんてしたくない。自分を必要としない人たちのために涙を流したくはない。二十五年の人生で、嫌というほどそうしてきた。今欲しいのは仕事だけだ。自立できる仕事が欲しい。仕事さえあればいい。

それを呪文のように唱えながら眠り、目を覚ましてシャワーを浴びると、着替えて仕事に出かけた。地下鉄に乗り、エレベーターで法律事務所に着き、シニアパートナーたちにコーヒーをいれた。エロイーズの存在にさえ気づかない人たちに。

6

木曜の夜、リッキーはエロイーズの部屋まで四階分の階段を上りながら動揺していた。クリスマスの飾りつけが目に入るたびに、息子を思い出す。冷たい風さえ、ブレイクのスノースーツや毛糸の帽子を思い起こさせた。

悲しみの中に閉じこもり一人でブレイクの死を悼んでいたくて、もうこんな秘密の計画は終わりにしようかと思った。残りのパーティーは欠席すればいい。休暇を取ってジャマイカかモナコにでも行き、皆を羨ましがらせてやればいいのだ。自分がパーティーに出なくても、誰も不思議に思わない。

ただ、エロイーズには仕事が見つからないだろう。

友人たちにメールを送ったのに、効果はなかった。

エロイーズは今どんな顔をしているだろうかと思い、リッキーは深呼吸してからドアをノックした。ドアが開くと、シンプルなロングドレスをまとったエロイーズが立っていた。ドレスは赤くてきらきらと輝いている。彼女の髪によく似合っていた。今日は髪をカールさせ、アップスタイルにしている。

「きれいだ」言葉が自然にこぼれ、リッキーは小さくかぶりを振った。エロイーズの顔を見ただけで、気持ちが明るくなるのはなぜだろう？

エロイーズが笑みを見せたので、リッキーは安堵《あんど》した。日曜の様子や昨日の電話からして、落ち込んでいるのではないかと心配したのだが、彼女は気持ちを立て直している。見上げたものだ。

二人はリムジンへと歩き、シートに乗り込んだ。

クリスマスが近づくにつれ、ますます多くのショーウィンドウやアパートメントの窓に飾りつけが施され、鮮やかなライトが瞬いている。身を切るような風にきらきらした飾りが揺れていた。冷たい空気のおかげで、あらゆるものが生き生きと、冴《さ》えて見えた。だが、雪景色の美しさにはかなわない。

「私も雪が好きよ」

リッキーはぱっとエロイーズを見た。僕は声に出して言っていたのだろうか？「その……僕は……フィンガー・レイクのそばで育ったんだ」個人的な話はしないようにしてきたのだが、仕方ない。「今ごろはたぶん、膝まで雪が積もっているんじゃないかな」

「たぶん？」

リッキーは顔をしかめた。「実際はどうなのか知らないんだ。両親とはしばらく話していないから」

「そう」まるで事情を察したように、エロイーズは言った。両親との複雑な関係を、彼女ほど理解できる人間はいないだろう。

それだけ苦労してきたのだ。窓の外に顔を向けるエロイーズを眺めていると、恐ろしいほどの憐憫《れんびん》がまた押し寄せた。それに抗《あらが》おうとしてリッキーは目をつぶった。エロイーズは大丈夫だ。仕事さえ見つかれば大喜びに違いない。同情は必要ない。

二人はホテルの中に入り、クロークにコートを預けた。パーティー会場に足を踏み入れる直前、エロイーズが表情を一変させた。大きな笑みを作り、瞳に宿った悲しみの色を消し去る。しかしそこに明るい光はなかった。彼女はリッキーの腕に手をかけ、パーティー会場へと歩を進めた。

リッキーは罪悪感に襲われた。エロイーズは僕のために何から何まで努力しているのに、僕のほうは何もしてやっていない。

席は前回とは違う友人たちと一緒だった。エロイーズのために椅子を引きながら、リッキーは手短に彼女を紹介した。話題はすぐさま株の話に移った。

これだから、エロイーズがパーティーでブレイクの話を耳にするのではないかという心配はいらないのだ。友人たちはビジネスの話しかしない。友人の妻たちは株や戦略の話には加わらず、だいたい夫の隣におとなしく座っているか、自分たちだけで世間話をしている。パーティーにふさわしい内容の話だ。極端に悲しい話題や、皆が憂鬱になるような話題には触れない。それがまやかしだと言いたいわけではない。彼らはマナーを知っているのだ。常識のある人々なのだ。

それでもリッキーは使命感に押され、なんとか人事の話題を会話に織り込もうとした。だがうまくいかず、焦りが募った。エロイーズに仕事が見つからないのも無理はない。誰もプロジェクトの運営には興味がないのだ。興味があるのは、プロジェクトそのものだから。

ダンスが始まると、リッキーとエロイーズはダンスフロアへ行った。エロイーズの背中を覆うなめらかな布地に手を当てた瞬間、彼女を腕の中に引き寄せたくてたまらなくなった。彼女が必要としているものを与えてやりたい。ほんの少しの愛情を。だが、今夜彼女を抱きしめ、たとえばキスしたとして、明日はどうなる？　明日、僕がどうしようもない悲しみでベッドから起き上がれなかったら……エロイーズは傷つくだろう。

そう、だから初めから何もしないほうがいい。

彼女の心地よい感触から気持ちをそらしたくて、リッキーは言った。「いいパーティーだ」

「何もかもすばらしいわ」

「楽しんでくれているようだね」

「ええ」

「僕のような気難し屋と一緒でも？」

エロイーズは明るく笑った。「あなたはそんなに悪い人じゃないわ」

いいや、違う。自分でも承知している。恵まれた環境にいるのに感謝せず、スタッフを怒ってばかりいる。ノーマンに対してもいたってビジネスライクだ。友人や家族に贈るプレゼントはすべてデヴィッド任せで、彼が母に何を買ったのかさえ知らない。ブレイクが死んでから、リッキーは悲しみの泡に閉じこもっている。それがいけないとは思わない。だが、エロイーズにはすまないと思う。約束を果たせそうもない。せめて彼女には楽しく過ごしてもらいたかった。たとえ今夜だけでも。

「テキーラショットを飲もう」

エロイーズが笑って体を引き、リッキーの顔を見上げた。「え？」

リッキーは自分でも驚いていた。「テキーラショットだ。このパーティーも悪くはないが、もう六回目だ。みんな飽き始めている。テキーラで盛り上げよう」

エロイーズがまた笑うと、リッキーは誇りにも似た感動を覚えた。今回は僕が彼女を笑わせたのだ。

「パーティーの主催者はさぞ驚くでしょうね」

「なぜ？　パーティーの目的は、友人たちを楽しませることだ」

「そうね」エロイーズはゆっくりと答え、視線を上げてリッキーを見た。クリスタルブルーの瞳には、穏やかな好奇心が宿っていて、彼女が警戒しつつも興味を持っていることが窺《うかが》えた。

うれしさが込み上げ、リッキーはくるりとエロイーズを回転させた。彼がパーティーで恥をかかないよう無理やりダンスを習わせたタッカー・エングルに、心の中で感謝した。こうやってエロイーズの明るい瞳が見られるのだから。

「バーテンダーに言って、テキーラショットを用意してもらおう。二十杯くらいかな。きっと大勢が参加するぞ」

「どうかしているわ」エロイーズはかぶりを振ったが、目は輝いていた。「会場中、酔っ払いで溢《あふ》れちゃうわよ」

「きっと明日の社交欄を飾るだろうな」

「傑作な記事になるでしょうね」

音楽がやむと、いつものように友人が一人近づいてきた。挨拶をしたあとで、友人は提携を考えている会社について意見を求め、リッキーはそれに答えた。

その間、エロイーズはリッキーの隣に立って、笑顔で役目を演じていた。だが二人の体が触れ合うことはなかった。例外はダンスのときと、エロイーズがリッキーの肘に手をかけるとき、あるいはやはりエロイーズがリッキーの蝶《ちょう》ネクタイを直すときだけだ。

僕が彼女に触れることはない。手さえ握らず、体に腕を回すこともない。家族を失い、愛のない人生を生きている女性は、自分に触れない手を、痛いほど意識しているに違いない。

リッキーは手を伸ばし、エロイーズの手を取った。彼女の視線がさっとリッキーに向いた。彼が笑顔を見せると、エロイーズも笑顔になった。リッキーは彼女の体を引き寄せ、手を繋《つな》いだまま友人と話を続けた。やがてふたたび音楽が始まった。

今度は腕の中にエロイーズを引き寄せた。彼女の肩から力が抜けるのを感じた。リッキーも少し肩の力が抜けた。べつにこの関係を本物にしようとしているわけではない。本物らしく見せようとしているだけだ。いや、認めよう。それだけではない。エロイーズには、彼女が必要とされていると感じてほしい。リッキーが彼女を必要としているのは、事実、クリスマスシーズンを乗りきるためだ。それでも彼女にそばにいてほしいと思う気持ちに変わりはない。

自分が必要とされていることを、エロイーズにわかってほしい。たとえほんの短い時間でも。

バンドが休憩に入ると、リッキーはエロイーズを伴ってテーブルに戻った。それからいったん席を離れ、テキーラのショットグラス二つを手に戻った。

グラスを持ち上げ、エロイーズにもそうするように合図する。「準備はいいかな?」

「どうかしているわ」

「お互いつらい年月を過ごしてきたんだ。ひと晩くらい何も気にしない夜を過ごしてもいいだろう」

「何も気にしない夜?」

「何もかも忘れて楽しむのさ」

エロイーズがショットグラスを手に取る。「私は得意よ」

二人はテキーラを飲み干した。その苦さにエロイーズはぶるっと体を震わせたが、楽しそうに笑った。

バンドが演奏を再開するころには、二人はさらにくつろいだ気分になっていた。

曲は静かで優しいメロディーへと変わり、リッキーはエロイーズを両腕に包んでスローダンスを踊った。腕の中でエロイーズがとろける。テキーラの効果でリラックスしたリッキーは、顎を彼女の頭にのせ、髪の香りを吸い込んだ。この一年半で、初めて解放された気がした。

バンドがまた休憩に入ると、二人はふたたびテキーラを飲み、シャンパンで口直しをした。エロイーズのアパートメントの階段を上るころには、二人ともほろ酔い加減で、若干声も大きくなっていた。

「しいっ」前を行くエロイーズが口に指を当てて振り向いたが、リッキーは笑うだけだった。「アパートメントを追い出されちゃうわ」

リッキーはエロイーズの肩に両手を置いた。アルコールで痛みを紛らわせようとは思わない。しかし今夜はべつに痛みを忘れようとしているわけではない。痛みを受け入れたうえで、二、三時間だけ消えてくれと言っているのだ。「追い出されたら、べつのアパートメントを見つけてやる」

エロイーズが笑った。「ローラ・ベスと私は、家賃を払うのもやっとなのよ」

ろれつの回らない言葉が愛らしかった。リッキーはばかばかしいほどの笑顔を見せた。「今日は楽しかった」

「だったら、パーティーのたびにテキーラショットを飲んだほうがいいかしら」

「いや、悪い習慣はつけないほうがいい。だが、今日はリラックスできた。本当に楽しかったよ」

エロイーズがリッキーの胸に両手を置いた。「めったにない経験でしょう?」

エロイーズにキスしたい衝動に襲われ、体が疼《うず》いた。だが、欲望を強く感じているからこそ、思いとどまった。僕はエロイーズにはふさわしくない。傷を負った人間だ。彼女も傷を負っている。彼女に必要なのは、もっと強い人間だ。溢れる愛情を注いでやれる人間。それは僕ではない。

リッキーは一歩後ろに下がった。「おやすみ、エロイーズ」

「今あなた、初めて私の名前を呼んだわ」

「いや、君の名前は何度も口にしている」

「ええ、人に紹介するときはね。でも、面と向かっては一度も呼んでくれなかった」

キスをしたい衝動にふたたび襲われた。エロイーズはきれいで、完璧だ。その唇は雲のように柔らかく、口の中はシルクのようになめらかだ。プレストンのおかげで知っている。

リッキーは一歩前に進んだ。

エロイーズがふたたびその手をリッキーの胸に置き、上へと滑らせた。

欲望がにわかに高まった。彼女の両手をこの首に回してほしかった。この体を抱いてほしかった。抱きしめてほしかった。

だが、エロイーズはただリッキーのネクタイをまっすぐに直しただけで、顔を上げて笑みを見せた。

彼女が先に行動を起こすことはなくても、キスしてほしいと願っていることは明らかだ。

欲望が訴えかける。やるんだ。顔を下に向けるだけでいい。キスするんだ。

息が震えた。そう、僕はそれを望んでいる。

だが自分のことはよくわかっている。テキーラの効果が消えれば、後悔するに決まっている。いずれ彼女とは別れることになるだろう。一連のパーティーが終われば、もう連絡することもない。リッキーはまた暗く静かな世界に戻る。エロイーズが求める明るく眩《まぶ》しい世界に生きることは、罪悪感が許さない。そして、やがてエロイーズを忘れる。

ただでさえ傷ついている女性をさらに傷つけるのだ。

リッキーはエロイーズの手をつかみ、自分の胸から離させた。「おやすみ、エロイーズ」

そして背を向け、立ち去った。

翌朝十時、エロイーズは頭痛にこれ以上我慢できなくなり、机を離れて従業員休憩室に向かった。シンクの上の棚を引っかき回し、頭痛薬を捜す。

冷蔵庫の隣のウォーターサーバーから水を注《つ》いでいるとき、ティナ・ホーナーが空のマグカップを手にやってきて、コーヒーメーカーのところへ行った。

「どうしたの？」

「べつに」エロイーズは薬を二錠口の中に放り込んで、水をいっきに飲んでから、廊下に出てオフィスへ戻った。エロイーズとティナは、同時に持ち場を離れてはいけないことになっている。キャビネットに極秘ファイルがつまっているからだ。それなのにティナはしょっちゅう忘れてしまう……それとも、気にしていないのかもしれない。彼女は正規雇用だから、首になる心配などしていないのだろう。

すぐにティナが追いついた。「ねえ、どうしたの？　あなたと一緒に仕事をして何週間にもなるけど、今まで頭痛薬が必要なことなんてなかったわ」

「ゆうべリッキーと一緒にパーティーへ行ったの」

ティナの顔が好奇心で輝いた。「例のパーティー？」

「そう」

「でも昨日はまだ木曜よ」

「お金持ちは私たちと違うの。木曜にパーティーがあれば、金曜は仕事をしないんじゃないかしら」

「じゃあ、あなたがこうして二日酔いに耐えている間、彼はまだベッドの中なの？」

「そう」そう答えたものの、いえ、と思い直した。リッキーほど仕事熱心な人はいない。それに彼は自宅の書斎に最新の機器を揃《そろ》えているから、パジャマ姿でも仕事ができる。そう考えて思わず笑った。

ティナが眉根を寄せてエロイーズを見た。「二日酔いのうえに、おかしな笑い。ゆうべは本当に楽しんだみたいね」

エロイーズはオフィスに入り、机に向かった。

「ええ、楽しかったわ」

ティナが腰を下ろし、エロイーズを見た。「何かあったのね？ 当ててみるわ」ティナは考え込むような顔になり、両手の人差し指で自分の頬をとんとんと叩《たた》いていたが、やがてあんぐりと口を開けた。

「おやすみのキスをしたのね？」

エロイーズはパソコンに表示されたファイルリストに目を通しながら答えた。「そうならいいけど」

ティナが目を丸くして椅子から立ち上がり、エロイーズの隣にやってきた。「偽物の恋人が本物の恋人になったのね！」

エロイーズはかぶりを振った。「私は〝そうならいいけど〟と言ったの。そうだとは言っていないわ」リッキーはキスをせずに立ち去った。彼は絆《きずな》を結ぶチャンスに背を向けたのだ。素直な気持ちになるチャンスに。

「本気でその人のことが好きなのね？」

エロイーズはぎゅっと目をつぶった。「愛しているのかもしれない、と思うときがあるわ」

「エロイーズったら」ティナがエロイーズの机に軽く腰をかけた。「キスしたいと願うのはいいけれど、これはおとぎばなしみたいなものよ。本物だと勘違いしてはだめ」

「わかってる」

「きっと傷つくわ。大学のときも失恋して、それでニューヨークに来たんでしょう？」

エロイーズは顔をしかめた。「なぜそう思うの？」

エロイーズの机から立ち上がりながら、ティナが笑う。「いつも悲しそうな目をしているもの」

「悲しそうな目?」

「迷子の子犬みたいにね。抱きしめてやりたくなるような顔をしているということよ。あなたは優しくていい人だから、あなたを知っている人はみんなあなたが好きになる。そして力になりたいと思うの」

「力に?」

「ええ」ティナは自分の机に戻り、パソコンの画面に注意を向けた。「日々お金に困っているあなたを見ているのはつらいわ。だから何か親切をしたくなるのよ。たとえばドーナツ一つでも」

そういえばティナは週に一度ドーナツを買ってきてくれる。エロイーズはふと、昨晩のリッキーとの会話を思い出した。「でなければ、テキーラとか」

ティナがパソコンの画面の向こうから顔を覗《のぞ》かせた。「テキーラ?」

エロイーズはかぶりを振った。「いいえ、なんでもない」恥ずかしさが込み上げた。リッキーは何週間も私の〝悲しそうな目〟を見てきたのだ。彼はティナと同じように、私を励まそうとしただけに違いない。恋愛感情などない。だからキスしなかったのだ。彼はただ、悲しい顔を見たくなかっただけなのだ。

私はなんてばかなのだろう。これでは仕事なんて見つかるはずがない。人の心や行動を理解する力が欠けているのだから。人は私を見て、悲しそうだと思うだけだ。能力や信頼性など見てくれない。

このままではいけない。

リッキーは朝遅くに目を覚ました。二日酔いの兆候はない。シャワーを浴びながら、昨晩寝る前に水分を取ったのがよかったと一人満足した。だがエロイーズはどうだっただろう? じゅうぶんに水を飲んだだろうか?

心臓がどくっと脈打った。エロイーズ。ゆうべはもう少しで彼女にキスするところだった。思い出しただけで欲望が体を走り、胸が締めつけられた。キスしたくてたまらなかったが、その欲望にリッキーは打ち勝った。

よかった。なぜなら僕は彼女にはふさわしくないからだ。僕は罪悪感と悲しみの世界に生きている。そんな世界にエロイーズを引き込みたくない。

ノーマンが到着すると、リッキーはリムジンに乗り込み、今日の会議に意識を集中しようとした。だが、できなかった。ブレイクのことさえ忘れがちで、エロイーズと一緒に笑い合ったことばかり思い出していた。騒々しく階段を上ったこと。キスをしていたかもしれないあの三十秒間——。

顔をしかめる。ゆうべは確かに欲望に打ち勝ったかもしれない。だが、次回はどうなる？

〝次回〟が一週間先なら、防御壁も立て直せる。だがパーティーは今夜だ。まだ血潮が騒いでいる。エロイーズの名を思い出すたびに、奇妙な感情が胸を圧迫した。

リッキーは自分のオフィスに向かう専用エレベーターに乗った。

欲望ならばコントロールできる。唇を重ねたいという甘い欲望は、男なら誰でも抱く自然なものだ。相手がエロイーズのような美人ならなおさらだ。だが、抱きしめてほしいと思うのはなぜだろう？　繋がりを持ちたいと思うのはなぜだ？

繋がりなど必要ない。欲しいとさえ思わない。一人でいるほうがいい。なのに、エロイーズと出会ってから、人生がどんどんややこしくなっていく。

そこまで考えて、ふと気づいた。それこそが本当の問題なのだ。エロイーズはリッキーを元の世界に引き戻そうとしている。まるでそこが僕の居場所であるかのように。彼女といると、自分が問題を抱えていることを忘れてしまいそうだ。だが、事実は違う。魔法の杖《つえ》をひと振りすれば問題が消えるわけではない。

リッキーは手で口をこすった。賢明な人間なら、デヴィッドに命じてエロイーズに電話させ、もう同伴は必要なくなったと告げるだろう。だが、契約は契約だ。僕はまだ約束を果たしていない。

ここで手を引くわけにはいかない。真のリーダーは約束を破らないものだ。だから今夜もエロイーズをパーティーに連れていかなくては。彼女に仕事が見つかるまで。

それまで毎晩、エロイーズを抱擁し、話しかけなくては。

リッキーはもう一度手で口をこすった。誤算だった。ただの取り引きのつもりが、エロイーズに好意を持ってしまった。だが、大丈夫だ。乗り越えてみせる。

7

その晩のエロイーズは、黒いドレスを着てシルバーのアクセサリーをつけていた。

気まずくて、約束は取りやめにすればよかったと思いながら、リッキーは口を開いた。「相変わらずきれいだ」

エロイーズが探るようにリッキーを見た。リッキーは身じろぎもせずに立ち、昨晩の彼の優しさはテキーラのせいだったのだと、彼女が思ってくれることを願っていた。彼はキスしたかったわけではない。

二人の関係はただの取り引きだから、と。

やがて、エロイーズがかすかな笑みを浮かべた。

「相変わらず私の自尊心をくすぐってくれるわね」

エロイーズがリッキーにケープを手渡し、彼は安《あん》堵《ど》しながら、それを彼女の肩に着せかけた。

そのとき、ふいに予期せぬ衝動が湧き起こった。エロイーズは毎週金曜と土曜の夜を、僕のために割いている。木曜は言うに及ばず、ときには日曜もだ。この使い古したケープの代わりに、毛皮か何かを買ってやっても悪くはないだろう。

「このアクセサリーをどんなふうにつけようかと考えて、とてもわくわくしたの」

リッキーは物思いから我に返った。気づいたときには四階分の階段を下りていた。エロイーズはなんの話をしていた？ リッキーは彼女のために建物のドアを開けた。

「そのドレスによく似合っている」

エロイーズが笑った。「こんばんは、ノーマン」

ノーマンが帽子を軽く持ち上げる。「こんばんは」

二人はリムジンに乗った。「無理にアクセサリーの話につき合ってくれなくていいのよ」

「べつに無理はしていないが」

「私は話に夢中になってしまうから。ファッションが大好きなの。オリヴィアにファッションのアドバイスをするのも大好き」そう言ってエロイーズはリッキーに顔を向けた。「今夜はオリヴィアとタッカーも来るのよ」

「え、本当に？」

「そう。今朝オリヴィアから電話があったの。二種類のドレスの写真をメールで送ってきたんだけど、彼女ったら、私が赤を薦めるまでは、茶色のドレスを着るつもりでいたんだから」

リッキーは苦労して笑顔を作った。女性はファッションの話に目がない。エロイーズは休みなくしゃべり続けている。だがそれはまるで、自分が傷ついていないことを証明しようとしているかのようでもあった。リッキーがゆうべの出来事などなかったかのようにふるまっても、自分は平気なのだ、と。

それはそれでありがたかったので、リッキーは会話を続けた。「危うく大惨事になるところだったな」

エロイーズはおどけてリッキーの腕を肘でつついた。「はいはい、そうね。ドレスの話なんてくだらないと思っているんでしょう」

急に笑いが込み上げた。「そういえばタッカーも電話してきて、タキシードについてアドバイスを求めたことがあったな」

エロイーズは笑った。「やめて」

「僕は言ったんだ。〝タッカー、蝶《ちょう》ネクタイをするんだぞ〟って」

エロイーズがリッキーを叩《たた》く。「やめて！」

「なのにタッカーは普通のネクタイを締めてきたんだ。パーティーの間中、皆がおかしな顔でタッカーを見ていたよ」

「やめて！」

リッキーは笑った。「すまない」

だがエロイーズには、その顔は少しもすまなそうには見えなかった。リッキーは楽しそうで、昨晩と同じくリラックスしていた。

ゆうべエロイーズがおやすみのキスを求めたも同然だったことを、彼がすっかり忘れている様子なので、ほっとした。

忘れてもらったほうがありがたい。結局リッキーは私のことが好きなわけではなく、ただ同情しただけなのだから。これからは何があっても楽しそうな顔をしているのだ。子犬のような目なんてしない。

〈ザ・リッツ・カールトン〉でリムジンを降りると、リッキーがエロイーズの手を取った。彼の手は温かく、エロイーズの胸は高鳴った。今夜も楽しく過ごしたいと切に願った。クリスマスの日にはまた独りぼっちになる。だからせめて思い出が欲しい。リッキーと過ごした夜の思い出。笑い合った楽しい夜。

クリスマスの朝には、それを思い出すのだ。

ロビーにオリヴィアとタッカーがいた。エロイーズは身重の友人を抱きしめた。おなかがずいぶん大きくなっている。「会えてうれしいわ。おかえりなさい」

「フレッド・マーフィーは恩人だからね。顔を出さないわけにはいかない」タッカーが言った。

エレベーターのドアが開いた。エロイーズがケープのボタンを外すと、オリヴィアが目を丸くした。

「それ、あの黒いドレスを手直ししたの?」

エロイーズは笑った。「チュールが八層も重なったドレスだったとは信じられないでしょう?」

「すごいわ」

「あなたもそのドレス、よく似合っているわよ」

「ええ、アドバイスしてもらってよかった。あなたって、本当にファッションの才能があるわね」


ドレスや裁縫の話を聞きながら、リッキーはリムジンの中でエロイーズと交わした会話を思い出し、思わず笑いそうになった。エロイーズといると、なぜかいつも頬がほころぶ。よくない傾向だ。楽しいと緊張が緩む。緊張が緩めば、彼女にキスしてしまうかもしれない。キスなどしたら、彼女を傷つけることになる。

ドアが開き、皆はエレベーターを降りた。エロイーズがリッキーにケープを手渡し、くるりと向こうを向くと、今夜のドレスにもまた背中がなかった。

クロークに向かって歩きながら、リッキーはしっかりしろと自分に言い聞かせた。なんとしてでもエロイーズとの距離を保っておかなくては。

しかし料理を食べ終え、フレッドが用意したささやかでユーモア溢《あふ》れる表彰式が終了すると、リッキーとエロイーズはダンスフロアへ向かった。僕がダンス好きなことは皆が知っているし、今日はタッカーとオリヴィアもいる。友人を欺きたくはないが、仕方がない。

エロイーズを腕に抱き寄せると、彼女はリッキーの胸板に体を預けた。柔らかいバストを感じ、彼は目を閉じてその感触を心ゆくまで味わいたい衝動に駆られた。

エロイーズを見下ろす。彼女もこちらを見上げた。二人の視線は、テキーラの夜が二人の距離を縮めたことを認め合うものだった。

リッキーはわずかに体を離した。エロイーズとの距離を開け、理性を保とうとした。それでも動くたびに、彼女の背中に当てた手が、なめらかな肌を滑る。ゆうべ、アパートメントのドアの前に立った彼女の、きらきらと輝く瞳を思い出した。彼女はキスを望んでいた。僕だってどれほどキスしたかったか。

だが同時に息子の死を思い出し、後悔と良心の呵《か》責《しやく》に駆られた。エロイーズにもエロイーズの過去がある。惹《ひ》かれるままにふるまえば、互いに傷つくだけだ。

「こんなにたくさんのダイヤモンドは見たことがないわ」ふいにエロイーズが切り出した。

「ダイヤモンド？」

彼女が体を引いてリッキーの顔を見た。「私、妙なことに気がついたの。母はダイヤのネックレスを持っていないのよ」

リッキーは笑った。「なんだって？」

「見て、みんなのネックレス。オリヴィアだって首につけているでしょう。タッカーは妻を大切に思っているから、惜しみなくダイヤモンドを贈るの。お金持ちはそうやって愛情を表現するんだわ」

リッキーは頬を緩めた。「そういうものかな？」

「そうよ。言葉の代わりにプレゼントを贈るの。ネックレスとかブレスレットとか毛皮とか」

リッキーは口元を曲げた。自分はエロイーズに毛皮を買ってやりたいと思ったが、愛しているわけではない。「愛情表現とは限らないんじゃないかな」

「そうね。敬意や感謝の念の場合もあるでしょうね。尽くしてくれてありがとう、という」

リッキーは思わず咳《せ》き込んだ。まさに僕のことだ。

「なるほど」

「でも私が言いたいのはそういうことじゃないの」

「というと？」

「母がダイヤモンドのネックレスを持っていないということよ」

「お父さんがお母さんを愛していないと？」

「そうじゃなくて、父はネックレスを買うほどのお金を持っていないんじゃないかしら」

リッキーはダンスの足を止めた。「ここにいる皆とは違うということか？」

「ええ」エロイーズはリッキーを軽くつついてダンスを続けるよう促した。「両親は裕福だけれど、ここにいる人たちとは違うレベルなのよ」

リッキーは眉根を寄せた。エロイーズが何を言おうとしているのかよくわからなかった。「つまり？」

「つまり、私に恥をかかせられたと言って両親があんなに怒ったのは、そのせいなんじゃないかしら」

自分が初めてニューヨークにやってきたころの日々をリッキーは振り返った。タキシードを持っていなかったのでレンタルし、運転手つきのリムジンも借りた。格好をつけたかったわけではない。皆がそうだったからだ。いかにも新参者だと思われたくなかった。エロイーズの両親が体裁を気にしているとしたら、娘に恥をかかされて、必要以上に動揺したのかもしれない。娘より世間体のほうが大事だったというわけだ。

「そうかもしれないな」

「クリスマスに何度か家族でニューヨークに来たことがあったの。私と兄は、恥ずかしいまねはするな

「なぜ？」

エロイーズは目をそらし、しばらくしてからまたリッキーの顔を見た。「両親よりオリヴィアとローラ・ベスのほうが私を愛してくれたし、受け入れてくれた。彼女たちと一緒にいて気づいたの。私の家族は、家族として機能していないって」

リッキーは自分がもう二年近く両親の家に帰っていないことを思い出した。電話もかけないし、かかってきても出ない。家族の存在は、嫌でもブレイクを思い出させるからだ。

「どんな家族だって機能不全な面はある」

「そういうのじゃないの。私の両親は愛し方を知らないのよ。独りぼっちは確かにつらいけど、自分を利用することしか考えていない人と一緒にいるくらいなら、いっそ一人のほうがいいわ」

悲しみを思い出させる誰かと一緒にいるくらいなら、いっそ一人のほうがいい。

きつく言われたわ」

「だが、いったいなぜ今その話を？」

「ちょっと考えてみただけ」

リッキーはくるりとエロイーズを回転させた。

「君はご両親が恋しいんだ。今の話は、何か家に帰るきっかけが欲しいからじゃないのか？」

エロイーズが目をそらす。「そんなことないわ」

なんとかして彼女と両親を和解させてやれないものかとリッキーは考えた。そうすれば仕事を見つけてやれなくても、べつの形で埋め合わせができる。何より、クリスマスに一人でいるなんてよくない。

リッキーは少し間を置いてから切り出した。「どうしたらご両親は君を家に入れてくれると思う？」

エロイーズがいたずらな笑みを浮かべた。「母にダイヤモンドのネックレスを買うとか？」

「僕は真面目に話しているんだ」

「入れてもらえるとは思えないわ」

「そうかもしれない」

「たとえばこういうことよ。私があなたと一緒にいるのを見たら、両親はきっと大喜びするわ。私をプリンセスのように扱って、あなたに近づこうとする。あなたを通じて、何か利用できる情報を手に入れようとするの。でも私があなたとつき合うのをやめたら、私はまたほったらかし。必要なときだけ引っぱり出されるのよ」エロイーズはかぶりを振った。「子供のころは両親の気を引きたくてなんでもがんばったわ。勉強でも慈善活動でも。でも、いつも一人だった。夕食のテーブルでも孤独だったわ。あの家に帰りたいとは思わない」

リッキーは悲しくなったが、その思いに流されまいとした。エロイーズはすでに気持ちの整理をつけている。彼女は強い女性だ。不憫《ふびん》に思う必要はない。

バンドが休憩に入り、リッキーとエロイーズはテーブルに戻った。タッカーとオリヴィアが頭を寄せ合い、何かひそひそと話していた。オリヴィアの表情はつらそうで、タッカーも眉根を寄せている。

何事かとリッキーは緊張した。

エロイーズがオリヴィアの椅子の脇にかがみ込んだ。「どうかしたの？」

「どうやら陣痛のようなんだ」タッカーが答えた。

エロイーズが目を丸くした。「予定日が近いの？」

「いや、予定日はひと月先だ」

オリヴィアが苦しげな息をついた。「そうなの。予定日まではまだ一カ月あるの。陣痛じゃないかもしれない。飛行機に乗っても大丈夫だとドクターにも言われたのよ」

「飛行機では大丈夫だったかもしれないけど、今はとてもそうは見えないわ」エロイーズはテーブルに手を伸ばすと、小さなハンドバッグをつかんで中から電話を取り出し、九一一にかけた。「もしもし、エロイーズ・ヴォーンといいます。〈ザ・リッツ・

カールトン〉にいるんですが、妊婦の陣痛が始まったようなんです」

「エロイーズ、大丈夫よ。必要ない……あ！」

タッカーが身をこわばらせた。「どうした？」

オリヴィアがエロイーズの手を握る。「急いで救急車に来てもらって」エロイーズが電話を終えると、オリヴィアが言った。「ロビーにおりたいわ。騒ぎを起こしたくないから」

「歩ける？」

オリヴィアがこくりとうなずく。

エロイーズがリッキーに合図した。「タッカーがオリヴィアと一緒に歩くから、あなたと私は何かのときのために後ろからついていきましょう」

リッキーはうなずいたが、ブレイクが生まれたときの記憶が立て続けに彼を襲っていた。ブレイクの母親との間に愛情はなかった。二人はナイトクラブで遊ぶ仲間で、体の関係を持ち、彼女は妊娠した。リッキーは両親学級にも参加しなかったが、ブレイクが生まれたときには病院に赴いた。その同じ病院でブレイクは息を引き取ったのだ。おそらくタッカーもその病院にオリヴィアを連れていくのだろう。リッキー同様、タッカーも病院の理事の一人だから。

タッカーとオリヴィアの乗った救急車に続いて、リッキーのリムジンも救急搬送口に停《と》まった。エロイーズが飛び降りるように車外へ出た。

彼女は救急車のドアの脇に立って、担架が運び出され、タッカーが降りるのを待った。

エロイーズとタッカーはオリヴィアにつき添って救急室へと急いだ。

リッキーは尻込みした。体中の細胞がここを離れろと叫んでいた。この病院にはつらい思い出が多すぎる。だが親友の子供が早産で生まれようとしているのだ。母体も危険に晒《さら》されるかもしれない。

さらにエロイーズも動揺している。気丈にふるまっているが、車の中では震えているのが感じられた。彼女を一人残していくことはできない。

リッキーは静かに車を降り、帰っていいとノーマンに告げた。息子は生まれるまで十九時間かかった。オリヴィアの場合もどのくらいかかるかわからない。ゆっくりと救急室に歩いていき、受付で名前を告げて、理事であることを示す身分証を見せた。「オリヴィア・エングルの容体を逐一知らせてほしい」

受付係が首を横に振った。「申し訳ありませんが、ご家族以外にお教えすることはできません」

「ミスター・エングルに確認してくれ。問題ないと言うはずだ」

受付係は席を離れ、ややあって戻ってくると、オリヴィアが産科病棟に運ばれたことを教えてくれた。

産科病棟に行くのは恐ろしかった。だがあそこにはいい思い出もある。ブレイクが生まれた場所だ。初めてこの腕に息子を抱いた場所。リッキーは静かにエレベーターに乗り込み、それからひんやりした長い廊下を歩いて、産科病棟の待合室に向かった。

一時間が経過した。リッキーは座ったり立ったりを繰り返し、膝の上に両肘をつき、あるいは脚の間に両手を垂らした。結局、また立ち上がって蝶ネクタイを緩め、シャツのボタンを二つ外して、小児科病棟の集中治療室《ICU》へと向かった。そしてガラス窓の前に立ち、並んだ空っぽのベッドをじっと見つめた。

息子の姿が目に浮かぶようだった。傷だらけで包帯を巻かれ、手には点滴が繋《つな》がれていた。人工呼吸器のおかげで、胸がかろうじて上下していた。

涙が込み上げ、どうしようもない慙愧《ざんき》の念に苛《さいな》まれた。そしてふと、タッカーの子供は未熟児で生まれてくるかもしれないと考えた。幸せなエングル家の息子なり娘は、生まれて最初の数日間か数週間、あるいは一年間をブレイクと同じベッドで過ごすことになるかもしれないのだ。

慙愧の念が恐怖へと変わる。タッカーとオリヴィアが子供を失う悲劇に見舞われるかもしれない。あんなことは誰の身にも起こるべきではない。起こってはいけないのだ。

そのとき、静寂の中に衣擦《きぬず》れの音がした。振り向くと、廊下をこちらに歩いてくるエロイーズがいた。

「リッキー」

「エロイーズ」リッキーは顔をしかめた。「ここは立ち入り禁止のはずだ。どうやってここへ？」

エロイーズがカードキーを見せた。「タッカーが貸してくれたの。あなたを捜してくれって。あなたこそ、どうやってここに来たの？」

リッキーはタキシードのポケットからタッカーと同じカードキーを取り出した。

「あなたたちは二人とも大口寄付者なのね」

「理事会のメンバーなんだ」リッキーは息を吸った。

「オリヴィアはどんな様子だ？」

「本物の陣痛じゃなかったわ。ドクターが、念のためひと晩入院するようにって。でも大丈夫そう」

リッキーは安堵の息をついた。タッカーとオリヴィアの子供は無事だった。あまりにほっとしてしばらく呆然《ぼうぜん》としてから、彼は首の後ろをさすり、筋肉と脳をリラックスさせた。「よかった」

エロイーズが周囲を見回した。「ここは静かね」

「ICUはいつもこうなんだ」

リッキーはエロイーズが何か尋ねてくるのではないかと覚悟した。彼女からは好奇心がありありと伝わってくる。だが結局、彼女は何も言わなかった。

やはりエロイーズは見上げた女性だ。過去の話はしたくないとリッキーは彼女に伝えてある。憐《あわ》れみを受けたくないから、と。一緒にいるときのエロイーズの自然なふるまいからすると、彼女はリッキーの過去をインターネットで調べてもいないし、友人たちに尋ねてもいないようだ。

逆の立場なら、リッキーは知りたくてたまらず、好奇心に負けてしまうだろう。もしかしたらエロイーズはこの世でいちばん信頼できるかもしれない。

「こんばんは、ミスター・ラングレー」看護主任のレジーナが歩いてきた。彼女はエロイーズにちらりと目をやった。「こちらは?」

リッキーはレジーナからエロイーズに視線を移した。エロイーズもまたレジーナと同様、熱心にリッキーを見つめていた。彼がどう返事をするかと息をつめている。

リッキーは彼女の目を見つめた。毎回パーティーに同行してくれるエロイーズ。僕のためにいつも美しく装い、僕が過去を打ち明けるのを拒んでも、黙って受け入れてくれた。偽物の恋人以上の存在だ。単なる取り引きの相手ではない。リッキーはエロイーズの手を取り、ぎゅっと握った。「友達だよ」

エロイーズが笑顔になった。

「そうですか。今夜は何もないので、ごゆっくりなさってください」レジーナが言った。

「いや、もう帰るところだったんだ」

「あら。では、おやすみなさい」

「おやすみ、レジーナ」リッキーはエロイーズをエレベーターへといざなった。「ノーマンには帰ってもらったんだ。タクシーを拾わないと」

「タクシーですって? タクシーがどんなに高いか知らないの?」

リッキーは笑ったが、次の瞬間、まさにエロイーズは笑わせようとして言ったのだと気がついた。それでも病院の景色や音は、どうしても現実を思い出させ、たとえ一瞬でも自分が幸せを感じたことに罪悪感を覚えた。

エロイーズがいくら励ましてくれても、自分はそれに値しない人間なのだ。

8

翌朝、エロイーズはベッドの中で寝返りを打った。起き上がって一日を始める気になれなかった。いつもは物事を考えすぎるタイプではない。でも、リッキーが小児科病棟の集中治療室《ICU》にいたのはなぜだろう？　産婦人科病棟の待合室ではなく。

もしかしたら彼は、子供のころあそこに入院したことがあるのかもしれない。あるいは彼の家族が。でなければ、彼にはかつて子供がいて、その子が入院していたのかもしれない。早産で生まれたとか。ちょうどオリヴィアとタッカーの子供が、ゆうべそうなっていたかもしれないように。

だとすれば、つじつまが合う。リッキーの友人の女性たちが〝悲劇〟と呼んでいたことのつじつまが。

うめき声とともにエロイーズは上掛けを押しのけてベッドを下り、重い足取りでキッチンに向かった。小さな丸テーブルにはすでにローラ・ベスがいて、紅茶を飲んでいた。

「おはよう」

「おはよう。ゆうべパーティーだったにしては、早起きね」

エロイーズはカウンターに進み、コーヒーをセットした。「オリヴィアを病院に連れていったのよ」

ローラ・ベスが驚いた顔をした。「ゆうべ？　オリヴィアは大丈夫？」

「前駆陣痛ですって。大丈夫よ、赤ちゃんも」

「それで……？」

エロイーズはローラ・ベスを見た。「それでって？」

「いえ、あなたがまだ何か言いたげだったから」

「何もないわ。ただの偽陣痛よ。オリヴィアは大丈夫」エロイーズは下唇を噛《か》んだ。「でも、私の偽りの恋人のことで、ちょっと戸惑うことがあったの」

「何？」

「彼、小児科病棟のICUで待っていたのよ。産婦人科病棟の待合室ではなく」

「生まれてくる赤ちゃんに何かあるかもしれないと思って、待機していたんじゃない？」

エロイーズは目を閉じた。そうかもしれない。彼はオリヴィアの赤ちゃんのためにあそこにいたのだ。

だが、テーブルに着くころには、新たな疑問が生まれていた。「新生児用のICUは別にあるんじゃないかしら？」

「さあね。病院には詳しくないから。でも新生児用の特殊なICUもあるかもしれないわね」

「そういえば、リッキーはあの病院の理事だから、ただ様子を見ていただけかもしれないわね。変わりがないかどうか」だがそう言ってから、エロイーズは眉根を寄せた。「やっぱり違う。看護主任に会ったのよ。彼女、リッキーを知っているようだった」

「病院の理事なら、知っていて当然じゃない？」

「ううん、もっと個人的な知り合いのようだった」

「その人、若くて美人なの？」

「若くはないけど、とてもきれいな人よ。でも私が言いたいのはそういうことじゃないの。彼女、リッキーに会うのが珍しくない様子だったわ。こう言ったの。〝今夜は何もないので、ごゆっくり〟って……。リッキーは前にもICUのガラス窓を見つめていたことがあったんだわ、きっと」

空になったカップを持って、ローラ・ベスが立ち上がった。「考えすぎじゃない？　前に聞いた〝悲劇〟という言葉のせいね」そこでかぶりを振る。

「リッキーはただ気が動転していただけでしょう。私だってオリヴィアのことを今聞いて、心臓が止まりそうになったんだから」

「そうかもしれない」でも頭ではそう思っても、心が受け入れなかった。それだけの理由ではないはずだ。ガラス窓の前に立ってじっと中を見つめていたリッキーの様子は、普通ではなかった。

失望に襲われた。リッキーはゆうべ私を〝友達〟と呼んだが、過去を打ち明けるほどには信頼していない。

「今日、ブルースがロックフェラー・センターへスケートに連れていってくれるの」

エロイーズは笑顔を作った。「よかったわね」

「それで、あなたのフードつきのコートを貸してもらえないかしら？」

「いいわよ」

「今日は着る予定はない？」

「ええ。今夜はまたパーティーだから」

「私も一度でいいからパーティーに行きたい。もう六回目か七回目でしょう？」

「ブルースは誘ってくれないの？」

ローラ・ベスが顔を赤くし、忙しくシンクの周りを片づけ始めた。「ええ」

悪いことを訊《き》いてしまった。エロイーズは急いで言い添えた。「そのほうがいいわよ。パーティーは退屈だから。同じことの繰り返しで」しかもダンスのときはリッキーに寄り添いたいのに、彼のほうはできるだけ体を遠ざけている。「いつもならクリスマスの前は、ウィンドウショッピングをして過ごすのに」地下鉄のパスがあるから、街中のどこにでも出かけてクリスマスの飾りつけを見物できる。だがいちばん好きなのはセントラルパークだ。白馬の引く豪華な馬車を眺め、いつか乗ってみたいと夢見ている。「今年はパーティーに出たり、ドレスを手直ししたりするのに忙しくて、好きなこともできないわ」

ローラ・ベスがかぶりを振った。「ウィンドウショッピングならニューヨークに住んでいれば、いつでもできるじゃない。パーティーを楽しんで」

ローラ・ベスが部屋を出ていくと、エロイーズは目をつぶった。好きなことを一人でしたいわけではない。リッキーと一緒にしたいのだ。リッキーとウインドウショッピングに行き、リッキーと馬車に乗る。ロックフェラー・センターのクリスマスツリーをリッキーと一緒に眺める。彼に普通の態度で接してほしい。パーティーに出ているときの彼は、私を避けているから。

よく知りもしない人たちと一緒に食事をすることにエロイーズは疲れていた。自由にできないダンスにも疲れたし、楽しそうなふりをするのにも疲れた。

何より疲れたのは、世界中がリッキーの過去を知っているのに、自分だけ知らなくても平気なふりをしなくてはならないことだ。同情されるのが嫌だから知られたくないだなんて。

何を聞いても、彼に対する態度は変わらないのに。なぜ私を信用してくれないのだろう?

その晩、リッキーが迎えに来たとき、エロイーズの体は自然とこわばり、声は冷たい調子を帯びた。

銀色のドレスを着た彼女の肩に、リッキーがケープを着せかける。「きれいだ」

エロイーズはリッキーを見て笑みを作ろうとしたが、頬が逆らい、結局唇がほんの少し曲がっただけになった。「ありがとう」

リッキーがドアを開けると、エロイーズは先に立って廊下を歩き、階段を下りた。ひと言も話さず、外に出て車に向かった。だがノーマンには声をかけないわけにはいかない。「こんばんは、ノーマン」

ノーマンが帽子の縁に手をかけた。「こんばんは」

エロイーズがシートに座ると、リッキーも乗り込んだ。二人とも何も話さなかった。

リッキーが咳払《せきばら》いした。「その……今日は何かあったのかな？」

エロイーズは窓の外に顔を向けたまま答えた。「いいえ、ごく普通の一日だったわ。部屋を掃除して、ドレスの手直しをして」

「なるほど。その銀色のドレスはとてもきれいだ」

本当は背中の大きく開いたドレスにしたかったのだが、悩んだ末、リッキーのためにやめたのだ。私の肌にあまり手を触れたくないようだから。

前の前のパーティーの晩、彼はエロイーズに好意を持っているかのように手を握り、抱きしめてくれた。悪乗りした友達同士のようにテキーラを飲み、キスする寸前まで行った。なのに、また礼儀正しい他人同士に逆戻りだ。

一歩近づくと、リッキーは二歩下がる。今夜はそれがナイフのようにエロイーズを傷つけた。愛してくれとは言わない。でも好意くらい持ってくれてもいいはずだ。私はひたすらリッキーに尽くしているのだから。

リムジンは豪華なアパートメントの前に停《と》まった。エロイーズはリッキーの顔を見た。「誰かのお宅？」

「そう。今夜はビニーとデニスの家で内輪のパーティーなんだ」

「私はドレス姿よ」

リッキーがエロイーズを見た。茶色いきれいな瞳が驚いたように見開かれている。

「内輪なのにこんなドレスで行けないわ！」まぶたの裏に涙が込み上げ、今にもこぼれそうだった。今日は朝からリッキーに腹が立っていたが、この出来事がとどめの一撃だった。でも涙は見せたくない。エロイーズは顔を背けた。「一人で行って。私は家に帰るわ。駅を探して地下鉄で帰るから大丈夫」返事を待たずに、彼女はドアを開けて外に出た。

リッキーもあわてて降りた。「待った！」

「いいの」

知り合いでもない人たちにほほえみ、自分の背中を嫌っている男性と一緒に過ごすのが、急に息苦しく感じられた。

誰かと一緒にいながら、こんなに孤独だなんて。

突然、後ろから腕をつかまれ、エロイーズは振り向いた。

「僕のミスだった。君に電話して、何を着ていくか伝えるべきだった。すまなかった。アパートメントに戻って、着替えてこよう」

涙が溢《あふ》れた。「もう遅いわ。出直してくるころには食事も終わっているわよ」荒々しく涙を拭う。

「行って。お友達と楽しんできて」

リッキーがエロイーズの腕をぐいと引き、体を近づけた。「せめてノーマンに送らせよう」

涙がとめどなく溢れた。心のどこかでリッキーが送ってくれることを願っていた。彼もパーティーに出ないと言ってくれることを。

愚かだった。リッキーは私を好きではないのだ。私はただの雇われた恋人。腹を立てるのは筋違いだ。

雨に濡《ぬ》れた道路を、二人は黙ったまま車へと戻った。高級住宅街の並木には、白いイルミネーションが施されていた。ビニーとデニスのアパートメントの両開きドアには、巨大なリースが飾られている。

リッキーが車のドアを開け、エロイーズが乗るのを待って、ばたんと閉めた。

それはとどめを刺す音だった。エロイーズの心臓は恐怖で早鐘を打った。もうリッキーは私を必要としていない。一人でパーティーに行くのだ。

仕事を見つけるためにはリッキーの支援が必要なのに、どんなパーティーか教えてくれなかったというだけで、私はそれを投げ出すの？

エロイーズはシートの背に寄りかかった。いいえ、違う。それは問題の一角でしかない。彼はもっと大事なことを教えてくれない。彼の〝悲劇〟を。

私を〝友達〟と呼んだのに。

どこかで心が繋《つな》がっていると思ったけれど、彼のほうはそうではなかったらしい。

そのとき、突然リムジンのドアが開き、リッキーが乗り込んできた。

エロイーズは背を起こした。「どうしたの？」

「僕も一緒に行くよ。ビニーには電話しておいた。君の気分がすぐれないから今日は顔を出せないと」

「え？」

「僕も行かない」リッキーはエロイーズの顔を覗《のぞ》き込んだ。「本当に具合が悪そうだ」

私を心配しているの？　いいえ、違う。彼は私のことなど気にかけていない。勘違いしてはいけない。

エロイーズは涙を拭いた。「私だけドレスで行ったら、常識を疑われるわ」

「すまなかった」

「もういいわ」

ノーマンが通りに車を出した。

リッキーがシートに寄りかかった。「だが、家に帰るのはもったいないな」

エロイーズはそうは思わなかった。早く一人になって思いきり泣きたかった。ばかな自分を叱ったあとで、高価なココアを飲む贅沢《ぜいたく》をみずからに許すのだ。こんな夜のために取っておいたココアを。

「せっかくのドレス姿だ」

「このドレスはまた明日着るわ」エロイーズは窓の外に顔を向け、それからまたリッキーを見た。「また内輪のパーティーでなければ、だけど」

「確認して君に電話するよ」

「ご親切にありがとう」

リッキーが咳払いした。「それにしてもこのまま帰りたくないな。そうだ、夕食をおごらせてくれ」

「おなかは空《す》いていないの」

だがそう言ったとたん、腹がぐうと鳴った。

「空いているようだが」

「同情はやめて！」思わず大きな声が口をついて出た。「あなたは同情されるのが嫌なんでしょう？　だったら私の気持ちもわかるはずよ！」

リッキーが表情を曇らせた。「ああ」

エロイーズは気まずさを覚えた。なぜか今夜は感情的だ。リッキーとは離れていたほうがいい。

窓に顔を向け、クリスマスの飾りつけがされた街を見つめた。華やかなライトが、まるで自分をあざ笑っているように見える。

「じゃあ、君の好きなところに行こう」

「あきらめてくれないのね」

「ミスをしたら必ず埋め合わせをする主義でね。どこに行きたい？」

パリ、と答えて困らせてやろうかと思った。でも、彼は本当にパリまで行くかもしれない。大西洋の向こう側まで行って恥をかきたくはない。ニューヨークでじゅうぶんだ。

ほかにどこかいい場所がないだろうか。常識的で、それでいてリッキーが断らざるをえないような場所。

名案がひらめいて、エロイーズは笑みを浮かべた。

「セントラルパークで馬車に乗りたいわ」

「雨が降っている」

「そうね。無理なアイディアだったわ」エロイーズはため息をついた。「家に帰ったほうがいいわね」

リッキーが電話を取り出した。「待った。そう結論を急がずに」彼はボタンを押した。「もしもし、デヴィッド？　馬車に乗りたいんだが、手配してくれるかな？」やや間があってから、リッキーは笑った。「じつは今すぐだ」一、二分の間があった。「南口だな？　わかった。ありがとう」彼は電話を切った。「馬車の手配ができた」

エロイーズはあんぐりと口を開けた。「でも雨ていないが、丸い月が頭上に明るく見えていた。月はときどき白い雲に隠れつつも、また顔を出し、まるでエロイーズにほほえみかけているようだった。

リッキーはノーマンと短い会話を交わしてからエロイーズに手を貸し、白い馬車の赤いシートに彼女を座らせた。そして隣に座り、彼女に毛布をかけた。

「そのケープだけじゃ寒いだろう」

「大丈夫よ」急に寒さが気にならなくなった。子供のころからこの馬車に乗るのが夢だった。

蹄《ひづめ》の音を響かせながら、馬車がセントラルパークの中に入っていくと、エロイーズは毛布にしっかりとくるまった。

「それにしても、いろいろな場所がある中でなぜここに？」

「子供のころ、ここを車で通りかかったとき、乗りたいと父に頼んだの。でも結局、母に却下されて」

「それは残念だ」

よ！」

「君の望みだ」

ため息が出た。こんなときに限って優しくされるなんて。早く家に帰って惨めな気分に浸りたいのに。

「私は晴れた日に乗りたいの。でなければ暖かい夜に」これではまるで駄々っ子だ。「雨の夜ではなく」

「馬車には屋根があるし、毛布も用意してある」

リッキーがあまりに得意げなので、エロイーズは天を仰ぎそうになった。あきらめるしかなさそうだ。それに、以前からセントラルパークで馬車に乗るのが夢だった。せっかくの機会だ。惨めな気分に浸るのは、クリスマスの日でいい。

「そういうことだったら。ありがとう」

「いや、いいんだ」リッキーが仕切りの窓をこつこつと叩《たた》き、ノーマンに指示を与えた。十分ほどで現地に到着した。

通り全体が雨のしずくできらめいていた。星は出

「いいのよ」エロイーズは笑った。新鮮な空気が肺を満たした。濡れて光る小道は、おとぎの国の城に続く道のようだった。「今こうして乗れたから」エロイーズは毛布の中に体を沈め、シートの背にもたれて、もう一度新鮮な空気を深く吸い込んだ。

リッキーが毛布の端を引っぱり、自分の膝にかけた。雪になるほどの寒さではないが、湿った寒さは骨までしみる。

「僕もこれに乗るのは初めてなんだ」

エロイーズはリッキーを見た。規則正しい蹄の音が、暗闇に響いている。「そうなの？」

「息子を連れてきたことはあるんだが……セントラルパークに」言葉が口から飛び出した。言うべきではなかったかもしれない。エロイーズの質問を避けるように、リッキーは急いで続けた。「ブレイクという名前でね。大喜びだった。あれは夏だった」リッキーは毛布にもぐり込み、エロイーズに身を寄せた。葉を落とした木々の前を通り過ぎる。光っている冷たいしずくは、じきに凍ってしまうのだろう。

「メリーゴーラウンドに連れていったんだが、その近くに野球ができる場所があるんだ。ブレイクはそっちに行きたがってね」笑いながらかぶりを振った。

「一歳半の息子に、大きい子供とは一緒に遊べないと言い聞かせるのは大変だった」

エロイーズはリッキーの顔を見つめた。ずっとリッキーの過去を知りたかったが、彼はこれまで拒んできた。これは大きな譲歩なのだ。

「僕は息子を馬車に乗せようと考えたんだが、ブレイクは疲れてしまって、そのまま家に帰ったんだ」

「息子さんがいるのね」

リッキーは肩をすくめた。死んだのだと言えなかった。よみがえる悲しみに耐えられるかわからない。

だが奇妙な解放感もあった。誰もブレイクの名を口にしないので、ときどき息子は本当に存在していたのだろうかと思うこともある。「ああ」

エロイーズがリッキーを見つめて言った。「でも息子さんのお母さんとは、今は一緒じゃないのね」

「彼女はもともと恋人ではなかった。そう言うと、とんでもない人間に思われるかもしれないが、違うんだ」

エロイーズがリッキーの袖に手を触れた。「わかってる。話さなくていいのよ」

リッキーは急に話したい衝動に駆られた。息子の話をしたい。かわいかった息子の話を。楽しかった日々を思い出して笑いたい。

だが結局、それはつらい事実に繋がる。自分は父親失格だったという事実に。

いや、罪悪感に浸るのは、クリスマスの朝でいい。

「僕が考案した検索エンジンが今のような完全なシステムになったのは、ブレイクの母親のおかげでもある。妊娠を告げられたときは最終チェックの段階だったんだが、その話を聞いて手直ししたんだ」

「どういうこと？」

「彼女は独身だったんだが、ニューヨークの高級アパートメントに一人で住んでいた」

「高収入だったのね」

「いや、仕事はしていなかった」

「ご両親がお金持ちだったの？」

「いや」

「まさか……」

「そう、その家は前の恋人からもらったものだった。妊娠したと告げられてから、僕が彼女の生活費を払うことになった。光熱費や食費や……月々かかる費用をすべて。つまり、はめられたんだ」だがそれ以上言いたくなかったので、リッキーは急いで話題を変えた。「君は？　最悪な相手とつき合った経験はあるか？」

エロイーズがリッキーの腕を両手で抱き、体を寄せて瞳を閉じた。冷たい空気の中に、二人の息が白く見えた。彼女が身を寄せたのは寒いからだとわかっていたが、それでも気分が落ち着いた。

「高校時代は、両親が認めた相手としかデートしなかったから。大学のときは……」エロイーズは肩をすくめた。「知ってのとおり」

「そうだった」

心地よい沈黙が訪れた。蹄の音が規則正しい拍子を刻んでいる。凍えるような夜気に、二人は毛布の下で寄り添った。リッキーの中の何もかもが静かだった。この一年半で初めて、彼は静寂を感じていた。静寂そのものを。

数分後、リッキーはエロイーズが眠ってしまったことに気がついた。泣き疲れたのだろう。リッキーは彼女の体をさらにしっかりと毛布で包み、シートの背にもたれて目を閉じた。そして今を楽しんだ。

やがて御者が馬車の向きを変え、帰路に就き始めた。外気はますます冷え、リッキーとエロイーズは毛布の下でいっそう寄り添い、ぬくもりを分かち合った。

エロイーズは美しい顔に満足げな笑みを浮かべていた。その非の打ちどころのない顔立ちを、リッキーは眺めた。小さな鼻。黒いまつげが青白い肌にかかっている。こんなに完璧な容貌をした女性には会ったことがない。まるでプリンセスだ。

見捨てられたプリンセス。

馬車が停まると、リッキーはエロイーズをそっと揺すった。「起きる時間だ」

エロイーズの目がぱっと開く。「私、眠っていたの？」

リッキーは笑った。「ほんの短い間ね」急にエロイーズにキスしたい衝動が湧き起こった。彼女は愛されるべき人だ。二人の視線がぶつかり合う。近くの枝から雨のしずくがこぼれ、馬車の屋根を叩いた。

二人はじっと見つめ合ったままだった。欲望と理性がせめぎ合う。僕は彼女に何も与えてやれない。罪悪感に支配されている壊れた人間なのだ。彼女を傷つけることになる。今以上に。

御者が馬車の脇から顔を出した。キスをするチャンスは去った。

「代金はいただいています。チップも一緒に」御者はにやりと笑った。「本当にありがたいことで」

御者は大喜びだろうが、料金を二倍払ったことをエロイーズには知られたくなかった。リッキーは急いで毛布をどかした。「降りよう」

手を貸して彼女を馬車から降ろし、通りの向こうで待機しているリムジンへといざなった。

二人の姿を見て、バンパーに寄りかかっていたノーマンが体を起こし、車のドアを開けた。

「いかがでした?」ノーマンがエロイーズに尋ねた。

エロイーズはほほえんだ。「とてもよかったわ」

リッキーは彼女のあとからリムジンに乗った。暖房の効いた車内では、もう体を寄り添わせる必要はなく、それが寂しかった。彼女のぬくもりが恋しい。エロイーズといると、絆《きずな》を感じる。まるで二人が同じ場所に属する人間であるかのように。

だがそれは違う。僕は誰とも同じ場所には属していない。自分は身近な人を傷つける人間なのだ。

アパートメントのドアの前でエロイーズが小さくほほえんだ。「ありがとう。とても楽しかったわ」

「気分はよくなった?」

「ええ、ごめんなさい。感情的になってしまって」

「いや、気にしていないよ」リッキーは言葉を区切った。「たまにはいつもと違うことをするのもいいものだ。仕事以外の話をするとかね」

「これからもっとそうすべきよ」

リッキーは目をそらした。「そうかもしれない」

「本当に楽しかったわ。ありがとう」

リッキーはふたたびエロイーズの目を見た。その瞳はほほえんでいた。心を覆う氷が解けていくのをリッキーは感じた。

エロイーズにふさわしい人間になりたい。その思いが体を駆け巡り、血を熱くした。彼女を愛したい。完全な人間になりたい。エロイーズが求める人間に。

彼女が両手を伸ばし、リッキーの体を抱いて引き寄せた。

これは感謝の抱擁だ。わかっていても、さまざまな感情がさざ波のように押し寄せた。信頼。欲望。切なさ。リッキーは抗《あらが》えずに両手を伸ばし、エロイーズの肩を抱いた。

目を閉じ、キスをしたい衝動と闘った。自分は壊れた人間だ。彼女にはふさわしくない。だが、馬車に乗った思い出が、まるで鮮やかな絵のように頭に浮かび、否定的な考えを寄せつけなかった。やがてリッキーはこれ以上本能に抗えなくなった。目を開け、エロイーズの唇に唇を重ねた。

彼女の唇が少しずつ、ためらいがちに反応する。彼女もリッキーと同じく、互いの感情を恐れているようだった。

激しく強引な何かがふつふつと沸き起こり、リッキーは強く唇を押し当てた。今度もエロイーズはおそるおそる、ためらいがちに応じた。二人の舌が絡み合うと、リッキーの胸に激しい感情が溢れ、息もできないほどだった。

これでいいのだ。これでいい。

ブレイクのことも、自分の過ちも、愚かさも頭から消え去り、ただエロイーズとこうしているのが正しいのだとしか感じられなかった。

だが、それさえもがリッキーを怯《おび》えさせた。エロイーズと一緒にいると、ほかのことはすべて忘れてしまう。息子を忘れるほど誰かを愛することができるのだろうか？　それが許されるのだろうか？

リッキーは体を引いた。

エロイーズがためらいがちにほほえんだ。「おやすみなさい」

「おやすみ」

そうは言ったが、背を向けようとしても、根が生えたように足が動かなかった。エロイーズの温かさから離れがたかった。だが彼女を傷つけることはできない。

決心が鈍る前に、リッキーは廊下を歩き出した。キスの余韻が体を駆け巡っていた。半ば甘く、半ば切ない余韻に押され、彼は立ち止まりもせずに階段を下りた。

9

エロイーズは家の中に入り、玄関ドアを閉めて背中を預けた。

リッキーにキスされた。

彼にキスされた。宿り木の下で無理強いされたわけでもなく、テキーラでほろ酔いだったわけでもない。深い感情に突き動かされたキスだ。

音のしない冷え冷えした部屋に足を踏み入れながら、エロイーズは今夜ローラ・ベスがデートでなければよかったのにと思った。話をしたいのに、話す相手がいない。

玄関ドアのロックをかちゃりと開ける音が、静まり返った部屋に響いた。振り向くと、ローラ・ベスとブルースが転がるように部屋に入ってきた。

二人はエロイーズを見て、はっと動きを止めた。

「エロイーズ、どうしてここにいるの?」

エロイーズはほほえんだ。「住んでいるからよ」

取ってつけたようにローラ・ベスが笑った。「そうね。でもパーティーでもっと遅くなると思っていたから」彼女は恋人に顔を向けた。「ブルースとは顔見知りでしょう?」

エロイーズは一歩進み出て、彼と握手した。「ほとんど初対面よ」

ブルースが礼儀正しくほほえむ。「はじめまして」

気まずい空気が張りつめた。ブルースの取り澄ました容貌は、どこか妙だった。ブロンドの髪はやけに黄色い。日焼けサロンで焼いた肌は黒すぎる。まるでサーファーのまねをしているようだ。ここは極寒のニューヨークなのに。

ブルースがローラ・ベスに視線を移し、寝室のほうへ向けて軽く顎をしゃくった。

エロイーズは肌に虫が這《は》うような感覚を覚えた。

「ちょっと部屋に荷物を取りに行ってくるわね。またすぐにブルースと出かけるから」ローラ・ベスが言い、部屋へと急ぐ。

「ええ」

二人きりになると、ブルースはエロイーズの全身を眺め回した。値踏みしているのか、ローラ・ベスと比べているのか……それともただ品がないだけか。

エロイーズはリッキーの息子の母親を思い出した。前の恋人から家をもらい、妊娠を利用してリッキーから生活費を得た女性。突然、この数週間のリッキーのためらいや不安が、腑《ふ》に落ちた気がした。

ローラ・ベスがふたたび部屋に駆け込んできた。小さなボストンバッグを持っている。彼女はエロイーズににこりと笑った。「じゃあ、また明日の朝」

エロイーズがうなずくと、二人は出ていった。

ブルースをリッキーの息子の母親と比べながら、エロイーズは寝室へと向かった。リッキーがなぜ恋愛に慎重なのかわかった気がした。この世界には、信用に値しない人もいる。リッキーは傷ついたのだ。おそらくひどく。あんな経験は二度とごめんだと思っているに違いない。だから私のこともすぐには信用しないのだ。

でも、彼は私を好きでいてくれる。あのキスはそういうキスだった。

翌朝、リッキーは裸足《はだし》に、上はフリースのローブを着ただけの格好で、静まり返ったキッチンにとぼとぼ向かった。カウンターのボタンを押し、コーヒーメーカーを取り出す。コーヒーができ上がるのを待つ間、エロイーズの盗まれたコーヒーメーカーを思い出した。彼女はいまだに残念がっている。

リッキーはつい笑った。エロイーズはいつも笑わせてくれる。いろいろなことを忘れさせ、僕を人並みに戻してくれる。

そう、僕は彼女が好きだ。だが、こうして朝の光の中で考えてみると、はたして自分が誰かと真剣な関係を築いていいのかどうかわからなかった。リッキーには光の日より闇の日のほうが多い。エロイーズと一緒にいると、確かにブレイクのことは忘れられるが、それでいいのか。

考えても仕方がないと思い、一週間分たまった郵便物にぱらぱらと目を通した。病院のパンフレットがあった。寄付を募る内容で、毎年クリスマスに送られてくるのだ。さまざまな理由で入院していた子供たちの写真をコラージュにしたものが表紙になっている。シンプルだが寄付を募るには効果的な、いい表紙だ。病院がいかに多くの命を、とりわけ子供たちの命を救っているか雄弁に物語っている。

だが、その子供たちの中にブレイクの写真を見つけ、心臓が止まりそうになった。

どういうことだ？

許可を出した覚えはない。だいたい死んだ息子の写真をパンフレットに載せたいと思う親がいるはずがないではないか。

携帯電話をつかみ、個人秘書にかけた。呼び出し音が二回鳴って、デヴィッドが出た。

「誰が病院のパンフレットの表紙に、ブレイクの写真を使っていいと言った？」

「息子さんの写真がパンフレットに？」デヴィッドの声には恐怖がにじんでいた。「何かの間違いです」

「病院の公報に電話して、残っているパンフレットを全部廃棄するように言うんだ。そして誰が許可したのか調べろ」

「わかりました」

電話を切ると、リッキーはパンフレットをつかみ、びりびり引き裂いた。よりによってこんなミスが！

いらいらと髪をかき上げ、もう一度電話に手を伸ばしたが、自分がエロイーズにかけようとしていたことに気づいてはっとした。

エロイーズ。なぜ当然のように彼女に電話しようとしたのだろう？　いったい何を話すつもりだ？　息子は死んだと言うのか？　どこかのばかが、ブレイクの写真を何百万部というパンフレットに載せたのだと。死と闘っていた息子の姿がよみがえってきて、つらくて仕方がないのだと。

惨めさに、きつく目を閉じた。これが僕の人生だ。これをエロイーズに見せなくてはならないのだ。痛みの破片が胸に鋭く突き刺さる。

エロイーズがこんなものを欲すると思うか？

リッキーは深く息を吸い込み、携帯電話をカウンターに放り投げると、コーヒーカップをつかんで書斎へと歩いた。

エロイーズに電話して、もう会わないと伝えよう。

彼女は傷つくかもしれないが、待ち受ける本物の苦痛に比べたら些細《ささい》なものだ。しかし、僕はまだ契約の義務を果たしていない。彼女に仕事が見つかるまでは、会うのをやめるわけにはいかない。

その夜、リッキーがドアをノックする音が聞こえ、エロイーズは深呼吸した。昨日の夜、彼は私生活について話してくれた。息子の話をして、私にキスをした。リッキーは私のことが好きなのだ。信頼してもらうには時間がかかるけれど、これからも一緒にパーティーに出る機会はまだたくさんある。

期待に胸がふくらんだ。もう一度深呼吸し、エロイーズはドアを開けた。「ハイ」

「やあ」

リッキーは生気のない目をしていた。すぐにアパートメントの中に入ろうともしなかった。どうやらキスしたことを後悔しているようだ。エロイーズはがっくりと肩を落としたくなったが、思い直した。彼には子供がいて、その母親はあまり節操のある人ではない。別れたあと彼女は、リッキーから子供を引き離したのかもしれない。彼の〝悲劇〟とは、愛する息子がいながら、会えないことなのだろうか。

リッキーの自宅には、子供の存在を示すものはなかった。パーティーでも、誰も彼に子供のことを尋ねない。きっと触れてはいけないことだからだ。

リッキーに心を開いてほしいなら、自分が信頼できる人間であることを証明しなくては。

「そのタキシード、とてもすてきね」

「いつもと変わらないが」

エロイーズは笑った。「とても似合ってるわ」

リッキーがふっと鼻を鳴らした。笑い声に聞こえなくもない。

エロイーズの気分は少しだけ上向いた。〝ローマは一日にして成らず〟信頼も同じだ。

リッキーにケープを渡すと、それを肩に着せかけながら彼が言った。「今夜の君はきれいだ。もっとも、いつもきれいだが」

「ありがとう」手直しした淡いピンクのドレスはストラップレスで、体の曲線にぴたりと沿い、色白の肌を引き立てている。

リッキーがドアを開け、二人は外に出た。

「それで、今日はどんな一日だったの？」

彼はエロイーズの目を見ようとしなかった。「長い一日だった」

「どんなふうに？」

「特別な案件があった」

「話せる内容？」

「いや、やめておこう。早急に解決すべき問題が起こったとだけ言っておくよ」

「私にできることはないかしら？」

リッキーは一瞬ためらったが、結局こう言った。

「ないな」

二人は階段を下り、凍えるほど冷たい夜気の中に出た。「雪が降ってほしいわ」

リッキーはまた、ふっと笑うような声を出したが、返事というには遠かった。だが気落ちする必要はない。リッキーは私にキスしたのだから。ただ、彼には時間が必要なのだ。


モントークの海岸沿いにあるサンタナ・ローソン邸のエントランスポーチへと歩きながら、リッキーは落ち着かない気分だった。きれいなピンク色のドレスを身にまとったエロイーズは、いつにも増して美しかった。今夜は長い夜になりそうだ。

玄関ホールで、サンタナが客を出迎えていた。黒いタキシードに黒いシャツ、黒いネクタイ姿で、肩まである髪を首の後ろで縛ったサンタナは、見た目どおりの型破りな投資家だ。

「リッキーをまたパーティーに引っぱり出してくれる女性が、ようやく現れたわけだ」

エロイーズが明るく笑った。「べつに難しいことをしたわけではありません」

サンタナがエロイーズの手にキスをする。「君のように美しい人ならばそうだろう」

マッチの炎のように嫉妬が燃え上がったが、リッキーはそれを退けた。僕はエロイーズを好きになってはいけないのだ。やきもちなど焼く資格はない。

サンタナと握手しながらリッキーは言った。「今夜はお招きありがとう」

「いや」サンタナは廊下を指差した。「パーティー会場は左側の最初のドアだ」

イタリア産大理石の床にエロイーズのヒールの音が静かに響く。ドアを開ける直前、彼女はいつものように深呼吸した。二人で出かけるようになった当初、彼女はリッキーの友人たちの顔もほとんど知らなかった。ドレスの手直しも大変だっただろう。だが不平一つ言わなかった。

エロイーズへの敬意が湧き起こり、彼女がいなくなったらどれだけ寂しいだろうと思った。エロイーズに仕事が見つかれば、もう会うこともない。僕は音のない書斎に一人座り、二人で出かけた夜を思い出すのだ……彼女を恋しく思いながら。

エロイーズがリッキーの腕に手をかけた。「行きましょう」

二人の目が合った。僕の気持ちなどどうでもいい。考えるべきはエロイーズの未来だ。彼女の幸せだ。

「ああ、行こう」

だが、自分にそう言い聞かせても、気分は上向かなかった。駆け抜ける悲しみは、息子を思う焼けつくような苦痛とは違う。もっと静かで、切なかった。

二人は指定された席へと歩いた。驚いたことに、世界的に有名なファッションデザイナーのボブ・バービーも同じテーブルに歩いていく。ボブを知っているのは、去年彼が困っていたときに、リッキーが金を貸したからだ。

「よりによって、君のような仕事マニアと一緒の席とは」連れの女性に椅子を引きながらボブが笑った。

「一緒のテーブルでうれしいよ、ボブ」リッキーはエロイーズに顔を向けた。「こちらはエロイーズ・ヴォーン。エロイーズ、こちらはボブ・バービー」

「あのボブ・バービー?」

ボブが退屈そうに笑った。「そう」

「すごいわ! お会いできるなんて。秋のコレクション、すばらしかったです」

「みんながそう言うよ」ボブは眉根を寄せてじっとエロイーズを見ていたが、ふんと鼻を鳴らし、連れの女性のほうを向いてしまった。

エロイーズがリッキーに耳打ちする。「私のドレスが気に入らないみたい」

リッキーの目は反射的にエロイーズのドレスに落ちた。胸元から覗《のぞ》く谷間が見える。

「ピンクはクリスマスの色じゃないからかしら」

リッキーは咳払《せきばら》いした。「そんなばかな」

エロイーズが笑う。「そうよね」

「よし、降参だ」テーブルの向こうからボブの不機嫌な声が聞こえた。「それは誰のドレスだ?」

「え?」

「誰のドレスかと訊《き》いているんだ。あらゆるデザイナーを思い浮かべてみたが、わからない」

エロイーズが笑った。「だってこれは、私が縫ったんですもの」

ボブがいぶかしげに目を細める。「君が?」

「ええ」

「縫ったのは君でも、デザイナーはべつにいるはずだ」

「いいえ、私が自分で考えたドレスなんです」

ボブが腰に片手を当てた。「嘘《うそ》だ」

リッキーは身をこわばらせた。「まさか今、僕の連れを嘘つきと呼んだんじゃないだろうな、ボブ」

「いや、僕はただ、それは適当に作ってできるようなドレスではないと言っただけだ」

「適当に作ったわけじゃないんです」エロイーズがほほえむ。「古いドレスを手直ししたの」

「僕の仕事も甘く見られたものだ」

「それは褒め言葉かしら？」

「そのとおり。君はなかなか才能があるらしい」ボブが鋭く息を吸った。「一緒にディナーを囲む相手が、来シーズンのライバルにならなければいいが」

エロイーズはまた笑ったが、リッキーは口を開けたまま、エロイーズとボブを交互に見つめた。突如、頭にひらめくものがあった。

ひょっとしたら企業のCEOより、デザイナーにエロイーズを紹介すべきなのかもしれない。彼女が自分でリメイクしたドレスを、少なくともこれまで八枚見たが、資質はじゅうぶんにある。退屈なオフィスで働くより、むしろ性に合っているはずだ。

考えるとわくわくしたが、それはほんの一瞬だった。仕事が見つかれば、もうエロイーズと会う必要はなくなるのだ。

リッキーはダンスをしながら、目でデザイナーを探した。エロイーズを引き合わせようと思ったのだが、無駄な努力だった。CEOに知り合いはいても、デザイナーにはいない。唯一の例外は、金を貸したボブだけだ。

エロイーズの意思を確認していないのに、勝手に履歴書を書き換えて送るわけにもいかない。

パーティーの間はその任務のことで頭がいっぱいだったが、帰途に就き、エロイーズのアパートメントの階段を上っていると、リッキーの胸は締めつけられた。

キスした場所に近づくにつれ、記憶がよみがえってくる。エロイーズの唇の柔らかさが思い出されて、息苦しかった。

二階分の階段を上ったところで、リッキーは足を止めた。「その……」

エロイーズがリッキーに笑顔を向ける。

リッキーは笑い返そうとしたが、ろくな笑顔にならなかった。「今日は、送るのはここまでにするよ」

「え？」無数の感情が淡いブルーの瞳をよぎったが、エロイーズはこう言っただけだった。「わかったわ」

リッキーは踵《きびす》を返したが、エロイーズの目はごまかせないだろう。僕がキスを避けていることに、彼女は気づいている。互いに求めているキスを。

引き返して、この腕にエロイーズを抱きしめたかった。彼女にキスし、彼女を愛する……そして、結局、傷つける。


リッキーは立ち止まらなかった。

暗い自宅にエロイーズは足を踏み入れた。残念ながら、今夜もまた話す相手がいない。リッキーの態度は、まるで最初からキスなどしなかったかのようだ。昨晩はとても優しかったのに、今夜はなぜこんなに冷淡になれるのか、彼に尋ねたかった。

衣擦《きぬず》れの音をさせて自分の部屋へと歩きながら、エロイーズは自分に言い聞かせた。リッキーには時間が必要なのだ。

私が信用できる人間であることを証明しなくては。でも、どうやって証明したらいいの？　一連のパーティーが終われば、もう会うこともなくなるのに。

土曜の夜、リッキーはパーティーに出るため、エロイーズを迎えに行った。彼女の姿を見たとたん、心臓がどきんと鳴った。どういう名称のドレスなのか知らないが、歴史の教科書で見た古代ギリシアの女神のようだ。頭のてっぺんでまとめた髪も、女神を思い起こさせた。

ただでさえ距離を置くのに苦労するのに、今夜の彼女はまたひときわ美しい。

だが美しいドレス姿は、リッキーの計画には有利に働く。デザイナーを探し出す代わりに、少し細工をしたのだ。先週、偶然ボブと同じテーブルになったことにヒントを得た。今週はパーティーの主催者であるコナー夫妻に電話をし、あらかじめ頼んでおいたのだ。

エロイーズに手を貸してホテルのエントランスの階段を上る。ドアマンにほほえみ、エレベーターに乗って、パーティー会場に足を踏み入れたとたん、ジェイソン・グローギンに腕をつかまれた。「やあ、リッキー！　会えてよかった」

握手しつつも、リッキーはあまりうれしい気分ではなかった。ジェイソンはエロイーズの履歴書を送ったうちの一人だ。だが、なんの返事もよこさない。ずいぶん世話をしてやったはずなのに。

リッキーはそっけなく言った。「やあ」

ジェイソンがエロイーズに顔を向けた。「君がエロイーズ・ヴォーンだね？」

「ええ」ジェイソンと握手しながら、エロイーズが不思議そうにリッキーを見た。

「君の履歴書が僕の受信箱に何週間か前から入っていたようなんだが、申し訳ない。ずっとニューヨークを留守にしていてね」

エロイーズの顔が輝いた。「そうだったんですか」

「ああ、メールを見たのは、つい昨日なんだ」ジェイソンが笑顔で言った。「今夜会えるといいと思っていたんだよ」彼はリッキーを見た。「彼女に仕事を用意してある」

「本当に？」エロイーズは飛び上がらんばかりだ。

ジェイソンがエロイーズに名刺を渡した。「今日、人事担当者と話をしたよ。クリスマスのあとで面接をする予定だ。書類作りのためのごく形式的な面接だよ。君を社員として迎えよう」

「なんとお礼を言ったらいいのか。ありがとうございます」

ジェイソンが笑みを見せる。「いいんだ」彼はリッキーの背中をぴしゃりと叩《たた》いた。「じゃあ、ごゆっくり」

「ありがとう」リッキーは礼を言ったが、顎の筋肉が引きつった。「いかにもジェイソンらしい。数週間遅れで仕事をくれるとは」

「何週間遅れでもかまわないわ」エロイーズはリッキーの腕をつかんだ。「仕事が見つかったのよ！　あなたのおかげだわ」

喜ぶべきなのだろう。これで役目は果たした。だが、感じるのは悔しさだった。ようやくエロイーズの適性がわかり、彼女の才能を理解してくれるデザイナーに紹介しようとしたのに、ジェイソンのせいで台無しだ。

テーブルへと歩き、エロイーズに椅子を引いたとき、向かい側でアーティー・ベストが、モデルと思《おぼ》しき連れの女性に椅子を引いていた。

リッキーは笑みを浮かべた。コナー夫妻は忘れていなかった。勝負はまだついていない。

腰を下ろしながら、リッキーはアーティーのほうを手振りで示した。「エロイーズ、アーティー・ベストを紹介しよう」

エロイーズが目を見開いた。期待どおりだ。「あの〈アーティー・ベスト・ドレス〉社の？」

アーティーが笑った。「そう。ジミー・チュウほど有名ではないがね。名前の響きが今一つだから」

「いいえ、私には最高の響きだわ。秋のコレクションには感激しました」

アーティーが不満げに顔をしかめた。「それでは、なぜべつのデザイナーのドレスを着ているんだ？」

エロイーズは自分のロイヤルブルーのドレスを見下ろした。

アーティーがボブ・バービーと同じ反応を示したことに満足し、リッキーは横から口を挟んだ。「ほかのデザイナーではなく、これは彼女自身がデザインしたドレスなんだ。彼女の作品なんだよ」

「また冗談を」アーティーが立ち上がり、エロイーズにも立つよう促した。「よく見せてくれ」

エロイーズはちらりとリッキーに視線を投げてから、おそるおそる立ち上がった。

アーティーはためらいもせずにエロイーズをテーブルから引き離し、彼女の体をあちこちに向けて、方々からドレスを眺めた。

「じつは君のことは前から気づいていた」

エロイーズが目をぱちくりさせた。「え？」

「そっくりなドレスを二枚持っているだろう？　背中が大きく開いたドレスだ」

エロイーズが笑う。「ああいうデザインはみんなが好きなので」

「君の背中ならそうだろう」

リッキーは立ち上がった。「エロイーズは仕事を探しているんだ」

「本当に？」

「デザインの才能があるだろう？」

エロイーズが目を丸くしてリッキーを見た。「でも、なんの経験もないのよ！」

アーティーがひらひらと手を振った。「君がこれを縫ったんだろう？」

「ええ」

「だったら経験はある」アーティーはエロイーズに向こうを向かせ、もう一度ドレスを眺めた。「クリスマスにはバハマに行く予定なんだが、戻ったらぜひ、僕のところで働いてもらう相談をしたい」

「ひと足遅かったな」リッキーがエロイーズに手を貸して席に座らせると、アーティーも自分の席に戻った。「ある会社の面接が決まっているんだ。家賃は待ってくれないからね」

アーティーは笑い飛ばした。「なるほど」彼は美しい赤毛の連れの肩をぎゅっとつかんだ。一連の会話にすっかり退屈している様子だ。「僕も家賃の支払いに苦労したころがあったな」アーティーはポケットから名刺を取り出し、裏に走り書きをしてエロイーズに手渡した。「これが僕のオフィスだ。明日の午後バハマに発《た》つが、そのつもりがあるなら、朝の八時までに来てくれ」

エロイーズはアーティーを見て目をぱちくりさせた。「私……その……」

「必ず行く」リッキーは言った。「僕の運転手に送らせる」

「よし」

笑えばいいのか、うなればいいのか、エロイーズにはわからなかった。二年間、貧乏暮らしをしながら仕事を探して、やっとそれが見つかったのに、リッキーは乗り気ではないらしい。

デザイナーばかりが集まったテーブルを離れ、二人でダンスフロアに出ると、エロイーズはさっそく切り出した。「いったいどうしたの?」

リッキーが澄まして言う。「どうしたのって、何がだ?」

「仕事が見つかったのに、〝必ず行く〟だなんて」

「こっちの仕事のほうが君に向いているからさ。君の才能を生かせる仕事だ」

「あなたが決めることじゃないわ」

「だが、僕は君をよく知っている。君を友達だと思っている」

エロイーズはリッキーの目を見た。病院でも彼は同じ言葉を口にした。友情。愛ではなく。

もしかしたら、あのキスには大した意味はなかったのかもしれない。彼は私をただの友達としか思っていないのかもしれない。

息苦しいほどの失望を感じた。

体中の細胞が泣き声をあげたが、エロイーズは深く息を吸い、気を取り直して静かに口を開いた。

「確かにファッション業界のほうが向いているかもしれない。でも、食べていけるかしら？」

「おそらく一年ほどは下働きだろうし、見習い期間が何年も続くだろう。だが少なくとも、今回の犠牲にはゴールがある。やがては自分のブランドが持てるかもしれない」

「自分のブランド？　それはずいぶんな野望ね」

「いや、投資してくれる人間がいれば難しくない。君の仕事を理解し、君のことを好きな人間だ」

エロイーズはもう一度リッキーの目を見た。彼の視線は揺るぎなかった。

今、彼は私を好きだと言ったのだろうか？　これからも私の人生に関わりたいと言ったのだろうか？

「あなたが投資してくれるの？」

「アーティーがどういうやり方をするかにもよるが、ああ、僕が投資する」

リッキーを見つめる目に涙が溢《あふ》れた。希望に胸がふくらんだ。自分のブランドが持てるなんて、夢のようだ。だがそれより、これからもリッキーと一緒にいられることがうれしかった。

まだ時間はある。

「さあ、明日アーティーに会いに行くか行かないか決めなくては。君が選ぶんだ」

エロイーズは急に乾いた唇を舐《な》めた。「ええ」

音楽がやむと、隣にいたカップルが近づいてきた。リッキーがエロイーズに二人を紹介した。夫はステイーヴ・グラントといい、ウォールストリートで働いている。妻のアマンダは弁護士だ。エロイーズはにこやかにほほえみながら挨拶をしたが、頭はくらくらしていた。

一時間のうちに、人生が――人生の目標が、すっかり変わってしまった。だが心は、これからもリッキーと会えるという事実だけに向いていた。彼は自分の生活の中に私の居場所を作ってくれるのだ。これからも会える。彼が投資してくれる限りずっと。

そう思って、ふと動きを止めた。投資してくれる限り？

これはただ、二人の関係が、またべつの契約に変わったというだけではないのだろうか？

10

帰りの車の中では、二人ともひと言も話さなかった。リッキーを失いたくない。繋《つな》がりがあればこれからも会えると思う一方で、彼の提案が単なるビジネスの取り引きにすぎないのなら、自分はすでにリッキーを失っているのかもしれないと思う。

アパートメントの部屋の前まで来ると、リッキーが言った。「じゃ、いいね？」

いい？　私は意味すら理解できていないのに。でも、もちろんアーティーの仕事は欲しい。「ええ、ありがとう。本当に」

「明日の朝、ノーマンに迎えに来させよう」

「いいのよ、迎えなんて。地下鉄で行くわ」

リッキーがエロイーズの肩に手を置いた。「目的地に連れていくのがノーマンの仕事だ。ノーマンがアーティーのオフィスまでの道順を調べておく。そのほうが手間が省けて、君は面談に集中できる」

エロイーズはうなずいた。「ありがとう」

リッキーの手は肩に置かれたままだったが、体を引き寄せてキスするそぶりはなかった。彼はその手にぎゅっと力を込めてから、背を向けて、廊下を歩き始めた。「おやすみ」

エロイーズは息をのんだ。虚《むな》しさに胸が押しつぶされた。仮に自分がアーティーのアシスタントになり、そしていつかリッキーに投資してもらうことになったとしても、彼はその仕事を秘書任せにするのではないだろうか。もしかしたらリッキーの姿を見るのは、これが最後になるかもしれない。そう思いながら彼の背中を見送った。

「おやすみなさい」

「じゃあ、また明日の午後」

「え？　明日の午後？」

リッキーが振り向いた。「僕の会社のパーティーだ」

エロイーズはまばたきした。

「そのとき、面談の内容を教えてくれ。いや、面談が終わったら、ノーマンの車で会社に直行してもらったほうがいいな。時間の節約になる」

エロイーズは肩を落とした。リッキーはただ面談の結果が知りたいだけなのだ。「でもパーティーに出るなら、ドレスに着替えないと」

「社員も普段着だ。ジーンズで大丈夫だよ」

希望に輝く日曜の早朝、ノーマンがアパートメントの外にいるとメールで知らせてきた。スキニージーンズに黒いロングブーツをはいたエロイーズは、気に入っているグリーンのカシミアセーターの上にコートを羽織り、階段を駆け下りた。

ノーマンがリムジンのドアの前で待っていた。

「おはようございます」

エロイーズは笑みを見せた。「おはよう」

エロイーズがシートに座ると、ノーマンが運転席に乗り込んだ。彼は車を発進させ、エロイーズとの間の仕切り窓を開けた。

「面接がうまくいくように祈っています」

エロイーズは笑った。「ええ、私も。ジャンクフードばかり食べているのにも限度があるもの。たまには鶏肉《とりにく》入りのスープをおなかいっぱいいただきたいわ」

ノーマンがミラー越しにエロイーズを見て笑った。

その後、目的地に着くまでの間、エロイーズは待ち受ける面談に意識を集中して過ごした。アーティーに会いに行くのは、家賃を稼ぐためではない。この仕事がしたいからだ。


アーティーのオフィスは、古い工場の最上階にあった。楽しげで個性的な空間で、生地やトルソー、ミシンや製図机などが所狭しと置かれていた。壁のハンガーラックにはずらりとドレスがかかっている。

「すばらしいところですね」

アーティーが奥の小さな部屋へと案内した。「僕たちも気に入っているんだ」

彼は大きな金属製のデスクの向こうに座り、エロイーズに向かい側の椅子に座るようにと身振りで促した。「君はデザインの学校には行っていないということだったね」

「ええ、すみません」

「僕も行っていないんだ」

「そうなんですか？」

「ああ、だが見習いとして経験を積んだ」彼は椅子の背に寄りかかった。「君の恋人は大変な金持ちだ。影響力もある」

エロイーズは顔が熱くなった。リッキーは恋人ではないと打ち明けようかと思った。もしアーティーがリッキーに近づく目的でエロイーズを雇おうとしているなら、とんだ見当違いだ。だが、真実を告白すれば、リッキーを裏切ることになる。

「私を今日ここに呼んだのは、リッキーと親しくなるのが目的ですか？」

「いや、君を呼んだのは、君に才能があるからだ。僕が言いたいのは、金持ちだからといって便宜は図らないということだ。リッキー・ラングレーの恋人だから特別扱いしてもらえると思っているなら、どうぞ出口はあちらだ。だが、本当にこの業界で働きたいと思い、つらい下積みも厭《いと》わないというのなら……話を聞こう」

四時間後、エロイーズはスキップせんばかりの足取りでアーティーのオフィスをあとにした。通りで待っていたノーマンがリムジンのドアを開けた。

「うまくいきましたか？」

エロイーズは顔を輝かせた。「ええ！」

「それはよかった」

ノーマンがドアを閉め、運転席に座って、車を発進させた。

エロイーズは柔らかなシートに背を預けた。胸が高鳴り、この五年間なかったほど気分が高揚していた。これから私が持つのは目標ではない。ビジョンだ。アーティーの下で働き、学ぶ自分の姿が目に浮かんだ。そしていつか独り立ちする。自分のブランドを持つ。

自分のブランド。

考えただけで息が止まりそうだった。

白い高層ビルの前でノーマンがリムジンを停《と》めた。エロイーズは踊るような足取りで中に入り、ビルの案内板でリッキーのオフィスを確認してエレベーターに乗った。

受付のドアが開くと、大きな半円形を描く黒大理石のセキュリティー・ステーションがあった。警備員がにこやかにエロイーズを出迎えた。

「何かご用ですか？」

「エロイーズ・ヴォーンといいます。クリスマスパーティーに来たのですが」

警備員はタブレットの画面を確認し、顔をしかめた。「あいにくですが、名簿に名前がないようです」

一週間前のエロイーズなら、ひどくショックを受けたに違いない。リッキーに忘れられてしまったと思い、こそこそ逃げ帰っただろう。

だが今日は違う。私は生まれ変わったのだ。立ち向かうことを恐れない。

愛する人を、闘わずしてあきらめない。

エロイーズは警備員にほほえんだ。「リッキーに電話して、エロイーズが来たけれど、名簿に載っていないと伝えてもらえるかしら？」

警備員はためらっている様子だ。

「大丈夫よ。本当に招かれたんだもの」

疑わしげな顔をしながら、警備員が机の上に据えられた電話の受話器を取り上げ、ボタンを押した。

「ミスター・ラングレー、お忙しいところすみません。受付に女性がいらしてまして……エロイーズとおっしゃる方で……ええ、わかりました」電話を切り、彼はエロイーズにほほえんだ。「どうぞ、中へ」

エロイーズはガラスドアへと進んだ。ドアの向こうのオフィスはパーティションで小さく区切られている。彼女はふと立ち止まった。「あなたは？」

警備員がエロイーズを見た。「は？」

「あなたは？　パーティーには出ないの？」

「警備員は交代勤務なので、パーティーにも交代で出ます」

広いメインオフィスの奥にある自分の席から、リッキーはエロイーズを見つめていた。エロイーズがドアを開け、足を止めて警備員と言葉を交わす。彼女の顔には、若い警備員への気遣いがありありと浮かんでいた。

リッキーはかぶりを振った。エロイーズはこんなにも優しくて思いやりに溢《あふ》れている。彼女を失うと思うと、悲しみが体を貫いた。

しかし、すばらしい女性だからこそ、僕の惨めな人生に引きずり込んではいけない。つまり、今日が二人で過ごす最後の機会だ。最後のパーティー。エロイーズに仕事が見つかったなら、これ以上苦しみを長引かせる理由はどこにもない。もう二度と会う必要はない。

きらきら輝く飾りで飾られた灰色のパーティションの脇をエロイーズが通り過ぎる。頭上の天井からは赤い大きなオーナメントが、窓台には常緑樹が飾られ、スプレーで雪が描かれている。

エロイーズがこちらを見て、笑顔で手を振った。リッキーは手招きしたが、鼓動は乱れていた。

エロイーズが足取りも軽く、リッキーのいるコピー機のそばへとやってきた。彼女の目の輝きが、すべてを物語っていた。面接はうまくいったのだ。

「どうだった？」

「採用よ！」

「やっぱり」

思いがけずエロイーズが爪先立ち、リッキーを抱きしめた。

心臓がどきんと鳴った。エロイーズの頬を両手で包み、キスをしたくてたまらなかった。だがそんなことをしたら、事態を複雑にするだけだ。リッキーは目を閉じ、体に回されたエロイーズの腕の感触を味わった。やがて、彼は一歩後ろに下がった。

「プレゼントはどういたしますか？」

目を上げると、秘書のデヴィッドが不思議そうにリッキーを見ていた。無理もない。去年の今ごろ、リッキーはこのパーティーにさえ顔を出さなかった。ところが今年はボーナスを倍払い、パーティーにも出席し、今はきれいな女性に抱きしめられている。

「品物はなんだ?」

「皆に腕時計を買い、ボーナスの袋を箱の中に一緒に入れました」

リッキーは顔をしかめたが、エロイーズがリッキーの腕を引っぱった。「いいんじゃないかしら」

エロイーズがそう言うなら、おそらくいいアイデアなのだろう。

「よし」

エロイーズとデヴィッドが笑みを交わす。まるで大事な秘密を分かち合っているかのようだった。

「じゃ、僕はそれを渡せばいいんだな?」

「もう一つやっていただくと、パーティーが盛り上がると思うのですが」

リッキーはため息をついた。「なんだ?」

「サンタクロースの衣装を着ていただけないでしょうか?」

心臓がどきんと鳴った。一度だけサンタクロースの衣装を着たことがある。ブレイクをこのパーティーに連れてきたときだ。

エロイーズがまたリッキーの腕に触れた。「いいんじゃないかしら」

リッキーはごくりと息をのんだ。

その反応を見て、デヴィッドがかぶりを振った。「すみません。調子に乗りすぎました」

リッキーはエロイーズの目を見た。小首を傾《かし》げてこちらにほほえんでいる。

背中を押された気がした。いつかは立ち直らなくてはならないのだ——少なくとも、立ち直ったのだと社員に思わせなくては。プレゼントを配り終われば、パーティーもお開きだ。社員たちは通りの向こうのバーに繰り出す。何時間もサンタクロースの格好をしていなければならないわけではない。ほんの二十分程度だ。

「わかった」リッキーはまたエロイーズを見た。「だが君にもクリスマスの妖精の格好をしてもらうぞ」

「妖精？」

デヴィッドが顔を輝かせた。「いいですね！　どうぞこちらへ」

二人はデヴィッドの部屋に向かった。デヴィッドがクローゼットから大きな箱を二つ取り出し、笑顔で一つをエロイーズに手渡した。「化粧室で着替えてください。廊下の先です」彼は大きいほうの箱をリッキーに渡した。「ボスはここで着替えてください」

そう言ってデヴィッドが出ていくと、エロイーズもあとに続いた。

十分後、太ったサンタクロースの衣装を着たリッキーのところにエロイーズが戻ってきた。緑のタイツを穿《は》き、丈の短い赤いワンピースを着て、緑の長い三角帽子をかぶっている。帽子の先についたベルが、歩くたびに肩の辺りで揺れた。

「おかしな格好でしょう？」

キュートだった。楽しそうで、まるで本物の妖精が現れたようだった。リッキーは家中が幸せに包まれていた子供時代のクリスマスを思い出した。

はっと現実に戻る。いったいなぜ昔を思い出したのだろう？

「じゃあ、交換しようか？」リッキーは腹部のつめ物の位置を直しながら言った。「まるでクッションになった気分だよ」

エロイーズが笑った。

リッキーの胸はふたたび高鳴った。エロイーズはきっとクリスマスが大好きなのだ。急に、彼女を笑わせることが、自分の大事な使命だと感じた。

ばかな、そんなことはない。誰かを幸せにするのが使命だなんてありえない。こんなに暗い気分の僕が。

リッキーはデヴィッドが用意したプレゼントの袋を持ち上げた。「またこんな格好をすることになるとは」

「前にもしたことがあるの？」

リッキーは深く息を吸った。なぜエロイーズと一緒にいると、考えるより先に口に出してしまうのだろう？「一度ね」彼はかぶりを振り、思い出したくない記憶を振り払った。この季節のブレイクの思い出だ。ペントハウスでのクリスマス。足音を忍ばせてリビングルームに行き、ツリーの電球から延びたコードのプラグをコンセントに差し込む。ブレイクを連れてきたときに、何もかもが完璧になっているように、と。

何もかもが完璧だった。

息が苦しい。悲しみが戻ってくる。「そんなことより、君の仕事が見つかってよかった」リッキーは重い袋を肩に担ぎ上げた。「行こう。パンチを飲み尽くしたら、みんなは通りの先の小さなバーに行く。その前にプレゼントを渡さなくては」

エロイーズがデヴィッドの部屋のガラスドアを開け、リッキーは彼女に続いて廊下を進んだ。

「ホーホーホー！」

リッキーの陽気な声が響くと、パーティションで区切られたオフィスのあちこちにいる七十人ほどの社員たちがおしゃべりをやめた。

「一年間、みんなよく働いたかな？」

エロイーズが楽しそうに笑うと、帽子の先端についたベルがちりんちりんと鳴った。

「こちらはクリスマスの妖精、エロイーズ」リッキーはエロイーズの顔を見た。「いいベルの音だ」

エロイーズがベルを鳴らす。「本当」

皆が笑った。

またリッキーは奇妙な感覚に襲われた。今度はそれがなんなのかわかった。これは幸せだ。僕は幸せには値しない人間だと自分を戒めたが、その感情は消えなかった。それは強烈で、まるで大地が移動し、過去がすべて消えてなくなったかのようだった。

かぶりを振る。過去がすべて消えただと？　消えてほしくなどない。息子を忘れたいはずがない。目の前の仕事に意識を戻す。赤や緑や、青、金、銀のアルミ箔《はく》に包まれたプレゼントを配る役目だ。

エロイーズが一つ目の箱をリッキーに手渡した。名前を呼ばれた社員が包みを開ける。腕時計のほかに封筒が入っているのを見つけた彼は封を切り、小さく飛び上がった。

プレゼントを渡された社員たちの反応に、リッキーは笑った。皆がリッキーの手を取り、握手をした。思いがけないボーナスを何に使うのか話す者もいたし、リッキーを抱きしめる者もいた。

心が温かくなった。そして、自分が感じている奇妙な感覚の正体をようやく理解した。これは幸せではない。一年半ぶりにようやく感じる〝普通〟という感覚だった。僕が変わったのではない。世界も変わっていない。ただ元の世界に戻ってきただけなのだ。

パンチが底を突くと、予想どおり社員たちはオフィスを飛び出していった。一緒に行かないかと何人かに誘われたが、リッキーは丁重に断った。

皆がいなくなると、彼は部屋の中を歩き、剥がした包装紙や空になったパンチのグラスを集めた。

妖精の衣装を脱いで、ジーンズとセクシーな黒いブーツ姿になったエロイーズが机に腰かけ、リッキーを眺めた。「あなたが掃除をするの？」

「空のグラスは片づけなさいと、いつも母から言われたのでね」リッキーはかぶりを振りながら笑った。子供時代の幸せな思い出はあまりに力強く、消そうとしても消えなかった。家に帰りたい思いが溢れる。「古い習慣はなかなか消えない」

「すばらしいお母さまね」

リッキーは言いよどんだ。「そう」またあの奇妙な感覚が――自分は戻ってきたのだという感覚が、体を駆け抜けた。丸太造りの家のリビングルームで、大きなクリスマスツリーの横に立っている父と母の姿が目に浮かぶ。妹たちの子供や夫たちもいる。そして暖炉のそばに、ぽかりと空いた空間が見える。自分がいるべき場所だ。

エロイーズの笑い声が、靄《もや》の向こうから聞こえてきた。「リッキー、もしもし?」

リッキーははっと顔を上げた。エロイーズは机に座り、片方の脚を曲げて腿の下に敷いている。パンチのグラスを片手に、目には成功の輝きをたたえていた。

自分に普通の感覚が戻ったのは、エロイーズのおかげだ。だが、彼女は独りぼっちだ。仕事は見つかっても、クリスマスには一人だ。放ってはおけない。

リッキーは首の後ろに手を走らせた。「十分ほど待っていてくれないか。着替えてくる」

「ええ」

彼は廊下を急ぎ、赤いフランネルの衣装を脱ぎながら、携帯電話をつかんでデヴィッドに電話した。デヴィッドが出ると、電話の向こうからバーのざわめきがどっと流れ込んできた。

「楽しんでいるところ悪いが、大事な用事を頼みたい」ボーナスを追加する約束をしてから、リッキーは大まかに計画を説明した。デヴィッドは笑ったが、リッキーは続けて言った。「大事な計画だ。時間がない。一時間のうちにやってくれ」

ノーマンの運転で、二人はエロイーズのアパートメントに戻った。できるだけ長くリッキーと一緒にいたいとエロイーズは思ったが、そのエロイーズの目から見ても、リッキーはどこか時間を引き延ばしているような感じだった。

だが、黙ったままの帰路にもやがて終わりがやってきた。部屋へと階段を上る間、リッキーが落ち着かない様子でいるのも、とくに意外には思わなかった。クリスマスイヴの結婚式に、エロイーズも一緒に出るのかどうか、彼はまだ何も言ってこない。

やはりそうなのだと思った。これがリッキーと過ごす最後の時間なのだ。

部屋の前まで来ると、リッキーがエロイーズの肩に片手を置いた。「僕も入っていいかな？」

エロイーズはゆっくりとリッキーの目を見た。部屋に入ってどうするのだろう？　キスするの？　言い訳をして、悲しいさようならを告げるの？　それとも数年後、エロイーズが経験を積んだあとに、投資をしてくれる話をあらためてするのだろうか？

「ええ、ぜひ」

エロイーズはロックを外し、ドアを開けた。そして中に入ろうとして、突然立ち止まった。

高さ四十センチほどの、エロイーズのちっぽけなプラスチック製のクリスマスツリーをプレゼントの箱がぐるりと囲んでいる。

背中からリッキーが身を乗り出した。「サンタクロースが来たらしい」

「あなたね」

「そのとおり」

「さあ、開けてごらん」

戸惑いながら、エロイーズは小さなツリーのそばに近づいた。出窓に置かれ、雪を模した綿に囲まれたクリスマスツリーは、プレゼントの箱と並ぶといっそう小さく見えた。背の高い箱が一つ、大きな箱が一つ、それより小さな箱が三つある。

「まず小さい箱を開けてくれ」

当惑したまま、エロイーズは小さな四角い箱を開けた。中身はピンクのカシミアのセーターだった。エロイーズはリッキーを見た。「すてきね」

「そう言ってくれると思った。さあ、次の箱だ」

どうやら宝飾店で買ったものらしい箱の包装紙を開ける。「ダイヤモンドの時計だわ」

エロイーズにそれ以上言う暇を与えず、リッキーが最後の小さな箱を差し出した。「さあ、これも」

本だった。『下積み経験を最大限に生かすには』

エロイーズは笑った。「これがいちばん役に立ちそう」

リッキーが大きな箱のうちの一方を指差した。訳がわからないまま、エロイーズがおそるおそる包みを開けると、サテンのケープが入っていた。

「毛皮ではないが、着心地のよさそうなものを選んだんだ。それに、ほら」リッキーがつややかなケープの裏のキルティングを指差す。「裏地があるから、寒い夜でも暖かい」

エロイーズがリッキーを見つめると、彼は満面の笑みを返してきた。こんなにうれしそうな彼を見るのは初めてで、これはいったいなんなのかとは言い出せなかった。「完璧ね」

残った箱をリッキーが指し示した。「さあ、最後だ」

包みを開けると、ぴかぴかのコーヒーメーカーが現れた。エロイーズはリッキーを見た。

「コーヒーの粉も一年分ある」

「ありがとう」エロイーズは声をつまらせた。コーヒーを贈ってくれるなんて。私を理解し、気遣ってくれている人でなければありえない。つまりこれは、リッキーが私を愛していることにほかならないのではないだろうか。目に涙が溢れた。

「気に入らなかったかな?」

でも、それなら、ただ愛していると言ってくれるだけでいいのに。

「何もかもすばらしいわ」

「この数週間、僕は君にたくさんのプレゼントをもらった。中でもいちばんのプレゼントは〝幸せ〟だった」

エロイーズは涙でぼやける目でリッキーを見た。

ただひと言、言ってほしい。あのひと言を。

「君は僕を変えてくれた。僕はトンネルの中にいた。小さな明かりさえ見えなかった。暗闇しかなかった。だが君と出会って、また徐々に物事が違って見えるようになってきた。そして今日気づいたんだ。自分が普通の感覚でいるということに」

「普通の感覚?」

「そう、普通の感覚だ」

「それで、このプレゼントを私に?」

「君に必要なものだから」

困惑と不安がぶつかり合い、エロイーズは胸が苦しくなった。でもこれは、私を理解し、気遣っていなければ選べない品物だ。リッキーは私を愛しているはず。でなければ、筋が通らない。

エロイーズはゆっくりとリッキーの目を見た。

「教えて」新品のケープを掲げてみせる。「これはどういう意味なの?」

「あのウールのケープの代わりという意味さ」

「ごまかさないで。このプレゼントは全部、あなたが私をよく知っているという意味よ。あなたが私を好きだという意味だわ」

リッキーがうなずいた。「そうだ」

「このプレゼントは、私たちが本物の恋人同士になった証《あかし》なの?」

「エロイーズ」リッキーが首を横に振った。「それは無理だ」

「なぜ？」

「君のためだ」

エロイーズはソファの上にコーヒーメーカーを置き、リッキーのそばに駆け寄った。背を向けて歩き去ろうとする彼の腕をつかみ、こちらを向かせた。

「教えて。なぜなの？　心は通じ合っているのに、なぜ私を遠ざけようとするの？」

「僕が君にふさわしくないからだ」

「またごまかしている。なんの説明にもなっていないわ！」

「言わせないでくれ。クリスマスはつらいんだ」

「私だってそうよ。独りぼっちだわ。夫を亡くし、家族もいない。あなたは息子さんに会えないかもしれないけれど、私だって同じだわ」

リッキーがエロイーズを凝視した。「なんだって？」

「つらいのはわかるわ。ひどい話だもの。息子さんに会わせてもらえないなんて――」

「え？」

「違う。そんなんじゃないんだ」

「違うんだ、エロイーズ。息子は死んだんだ。ブレイクは死んだんだよ」

エロイーズの思考は凍りついた。「〝死んだ〟？」

リッキーは無言だった。

「息子さんは亡くなったの？　それなのに……あなたは私にひと言も話してくれなかったの？」

「憐《あわ》れみを受けたくなかった」

「憐れみ？」

「言ったはずだ。パーティーでは普通の態度でいてもらいたかったんだ。悲劇を乗り越えたのだと皆に思わせたかった。効き目はあったよ。今日はサンタクロースの役まで演じた」

ショックと痛みで胸が張り裂けそうになり、エロイーズはソファに腰を落とした。自分がどうしようもない愚か者に思えた。だがそれより何より、悲しくて仕方がなかった。彼は私を信用していない。だからいちばん大切な秘密を教えてくれなかったのだ。私を愛してなんていない。

私が愛していても、彼は愛してくれない。

リッキーが手で口を拭った。「すまなかった。でも僕には必要なことだったんだ。ほんの数週間でいいから、立ち直ったふりをしなければならなかった」

エロイーズは何も言わなかった。痛みはあまりに激しかった。リッキーに愛されていない。おそらく彼は私になんの感情も抱いていないのだろう。

「ブレイクは一歳半だった。ブレイクの母親と一緒にバーベキューに出かけたとき、母親が車をぶつけたんだ、電柱にね……。オープンカーだった。ブレイクは車外に投げ出され、それから四十八時間しか生きられなかったんだ」

エロイーズの怒りは、突然恐怖へと変わった。

「シートベルトさえ正しく締めていれば、ブレイクはきっと助かったんだ。死なずにすんだんだ」リッキーは息を吸い、エロイーズに向き直った。「飲酒運転だった。血中アルコール濃度が基準値を超えていた。ブレイクの母親は息子のシートベルトをきちんと締めていなかったんだ。彼女は子供が欲しかったわけじゃない。欲しかったのは、十八年分の養育費さ。ブレイクを愛していたことは間違いないと思う。ただ、彼女は母親にはふさわしくなかった。僕にはわかっていたんだ」リッキーは目を閉じた。「兆候はいくらでもあった。僕はブレイクを引き取りたかった。週末だけ雇っていたベビーシッターを常駐させることもできたんだ。広いペントハウスもあったし、金も持っていた。親権の話を切り出そうと思ったが、来週でいい、また来週でいいと先延ばしにしてしまった」リッキーはふたたびエロイーズのわびしいクリスマスツリーに顔を向けた。「今やブレイクは死に、母親は過失致死で服役中だ」

エロイーズはリッキーの目を見つめた。少しずつわかりかけていた。これは単なる喪失の物語ではない。過ちの物語だ。罪悪感の、痛みの、慚愧《ざんき》の物語だ。リッキーは息子の死で自分を責めている。

エロイーズの怒りは、リッキーへの愛の前に消失《う》せた。彼女はゆっくりとソファから立ち上がった。「過去は変えられないわ。だからといって、生きるのをあきらめなくていいのよ」

リッキーが振り向いてエロイーズを見た。「あきらめなくていい？」彼はとげとげしく笑った。「生きるのをやめたほうが、よほど楽だ。息子は死んだんだ。僕のせいで。僕は毎日その事実と向き合っているんだ」

「ええ、そうでしょうね。でもあなたは言ったじゃない。私と十一回のパーティーに出て、幸せを感じたって。いい方向に向かっているのよ」

「どんな方向にも向かっていない。その日その日を生きているだけさ。仕事に没頭してね。僕にはそれしかない。それ以外には値しない人間だ」

闘わなければ。今リッキーに手を伸ばさなければ、二度と機会はないような気がした。「今はそう思うかもしれない。でも、そんなことはないの。あなたはもっといろいろなものを受け取っていい人よ」

リッキーの声に力はなかった。「いや、違う」

「あなたが値しないと思っても関係ない。だって私はもうあなたを愛しているんだから」

「君はばかだ」リッキーはエロイーズのそばに近づくと、彼女の両腕を撫《な》でた。まるで慰めるように。「君は美しくすばらしい人だ。愛され、大切にされるべき人だ。僕と一緒にいたら、苦しみしかない」

リッキーはソファから上着を取り、引き止める暇も与えず部屋を出ていった。エロイーズは走ってあとを追いかけたが、彼の足は速く、エロイーズが一階に下りたのは、ノーマンがすでに車を発進させたあとだった。

もうリッキーは戻ってこない。二度と会えない。

胸が痛かった。涙が溢れた。

リッキーの息子は死んだ。彼は息子の母親が収監されたことにさえ責任を感じている。あまりにも重い荷を背負っている。

だからこれ以上、傷を負った人間と関わりたくなくても仕方がない。

11

その夜、リッキーは落ち着かなかった。スコッチのボトルとグラスと氷を用意したが、飲みたい気分ではなかった。部屋の中を行ったり来たりしたくはないが、かといって座って鬱々ともしていられない。エネルギーが余っていた。

エネルギー。

かぶりを振って、スコッチをダブルで注《つ》いだ。そしてグラスを唇まで持っていったが、飲まなかった。

何もかもおかしな感じがする。

リビングルームの奥へと歩き、通りの向かいに立つアパートメントの、飾りつけが施された窓を見つめる。両親の広いログハウスを思い出した。クリスマスのために飾りつけられたさまは、どれほどすばらしいか。目を閉じ、昼間のパーティーを思い出す。エロイーズの妖精の姿は完璧だった。社員たちの喜ぶ様子を見たことでリッキーの心に何かが生まれ、過ぎた日のクリスマスを思い出した。ブレイクの事故の前で、何もかもうまくいっていたころだ。

エロイーズに思いを馳《は》せる。悲しい別れを思い出し、リッキーはかぶりを振った。彼女のためだ。来年の今ごろには、僕がいたことなどエロイーズは忘れているだろう。

そう思うと少しだけ胸が痛んだが、その思いを振り払った。

通りの向こうの美しく飾られた窓にふたたび目を向ける。急にどうしようもなく両親が恋しくなった。

恋人や結婚はあきらめても、両親との関係はそろそろ元に戻していいころかもしれない。

電話を手に取り、母にかけた。


短い会話のあと、今度は自家用機のパイロットに電話し、故郷の家に帰る手配をした。二十分後、クローゼットから革のジャケットを取り出そうとしたが、十二月の湖畔地域の気温を思い出し、紺色の古いフードつきコートに替えた。前回故郷に帰った際に着ていたコートだ。本来ならブレイクをそりに乗せたときのことを思い出すはずなのに、代わりに頭に浮かんだのは、エロイーズの姿だった。リッキーの同窓会に出たとき、彼女はちょうどこんなコートを着ていた。同じように古びたコートで、これに劣らず暖かそうだった。

小さく毒づきながら、コートに袖を通す。エロイーズのことは忘れろ。僕の重荷を彼女に背負わせることはできない。

飛行機に乗ると、リッキーはシートを倒し、イヤホンをつけて心休まる海の音に耳を傾けた。だがそれも十分ほどで睡魔に襲われ、到着まで四時間ずっと眠っていた。

乗務員たちに〝いい休暇を〟と声をかけると、彼らはクリスマス間際の勤務に対して払われた気前のいいボーナスの礼を言った。リッキーはタラップを三段下りた。小さな私設空港の格納庫のそばに、父の古びたSUVが停《と》まっているのが見えた。

茶色いジャンパーを着て長靴を履いた父は、フェンダーミラーに寄りかかり、吹きつける雪まじりの風に身を縮めていた。父が手を振ると、リッキーは喜びが込み上げるのを感じた。大きな円筒形の鞄《かばん》を手に、駆け足でタラップを下り、父のもとに歩いた。父が腕の中にリッキーを抱きしめた。

「お前が来ると聞いて、母さんはとても喜んでいた。まさか二時間で帰るなんて言わんでくれよ」

リッキーは笑って父の肩をつかんだ。「いや。二週間はいるつもりです。少し休みたいので」

父は一歩下がり、しげしげと息子の顔を眺めた。

「疲れているようには見えんな。もっと疲れた顔をしているかと思った」

「飛行機で寝ましたから」

ジム・ラングレーは車のボンネットを回り込んだ。

「私が言っているのはそういうことではないんだ。ずいぶん会っとらんかったからな。もっとやつれているかと思った」

リッキーは車のドアを開け、鞄を後部座席に投げてから助手席に座った。「だいぶ元気になりました。気力も戻ってきましたよ」

「母さんが言ったとおりだ」父が車を発進させた。「どんな傷も時間が癒やしてくれる」

「この傷はけっして癒えません」

父はしばらく黙っていたが、やがて言った。「もしかしたらお前は癒えてほしくないと思っているのかもしれんな。息子を亡くしたんだ。初めての子供だ。私たちにとっても大切な孫だ。けっして忘れる

「ええ、そうね」母はもう一度息子の顔を眺めてから、リッキーと腕を組んで家へと歩いた。

パーティー会場に入る直前、リッキーの腕に腕を通したエロイーズを思い出す。彼女の顔が目に浮かんだ。深呼吸し、笑顔を作ったエロイーズ。

「それで？　コーヒーにする？　お茶にする？」

はっと我に返り、リッキーは母を見た。

「荷物はお父さんが二階に運んだわ」母は笑みを見せた。「シナモンクッキーを焼いたのよ。妹たちも子供と一緒にもうすぐ来るわ」

リッキーはコートを脱いだ。「来るのはクリスマスの朝だと思っていた」

「待ちきれないのよ。みんな、あなたに会いたくて」母が身をかがめ、リッキーの頬にキスをした。

「帰ってきてくれたのが最高のクリスマスプレゼントだわ」

またもエロイーズが思い出された。エロイーズがことはないさ」父は道路から一瞬目を離し、眼鏡越しに鋭い目でリッキーを見た。「だが、人生は続いていくんだ」

「ええ。そう思えるのは少し先かもしれませんが」

「まあ、とにかく顔が見られてよかった」

家までの道中、二人はぶどうの価格や、ライバルの新しいぶどう園などの話をした。大きなログハウスが見えると、リッキーの視界はぼやけた。色とりどりのクリスマスライトが、小道や広い玄関ポーチを縁取る常緑樹の並木で瞬いている。

リッキーがまだシートベルトも外さないうちに、父がリッキーの鞄を運んだ。ようやく車の脇にリッキーが降り立ったときには、母がポーチにいた。母は歩いてリッキーを出迎え、息もできないほどきつく抱きしめてから体を離した。

「よく顔を見せて」

「疲れた顔はしていない」父が言った。

彼女の両親の家を訪ねたとしても、拒絶されるだけだろう。だが僕は最高の贈り物だと言って迎えてもらえる。

母がリッキーの腕を軽く叩《たた》いた。「元気になったというわりには、心ここにあらずね」

リッキーはほほえんだ。「ちょっと考え事をしていて」

「心配だわ」

「心配するような考え事じゃない」リッキーは家の中を見回した。リフォームはしてあるが、依然としてひなびたログハウスの雰囲気があった。窓の前には大きなクリスマスツリーが置かれている。暖炉には旗が連なったような飾りがつけられ、ナッツとチョコレートがいっぱいに入った深皿の縁には、キャンディーのステッキがずらりと並べられていた。エロイーズが喜びそうだと思った。

「友達がいてね」リッキーは咳払《せきばら》いした。「じつはオリヴィアの友達なんだが、仕事を探していたんだ。それで僕が一緒に……その、履歴書を手直ししたりしたんだが、合間に彼女の家族の話を聞いたんだ」

母が不思議そうに首を傾《かし》げる。「その人のおかげで元気になったの？」

「ああ、大いに彼女のおかげだと思う」

「その人のご家庭のすばらしいクリスマスの話を聞いて、家が恋しくなったの？　それで急に帰ってきたわけ？」

リッキーは顔をしかめた。「その逆さ。彼女の家庭は最悪なんだ」リッキーはもう一度咳払いした。「たぶん彼女の話を聞いて、自分がどれだけ恵まれているのか、気づいたんじゃないかな」

「あなたがその人を雇ってあげたの？」

「いや」リッキーは笑った。「僕から仕事をもらいたくないそうだ。僕と一緒に出かけているから仕事をもらえたのだと皆に思われるのが嫌だから、と」

母が椅子にぺたんと腰を下ろした。「〝出かけている〟?」

父が階段から、信じられないという声で言った。

「お前がデート?」

どうやら両親は勘違いしているらしい。「十一回ね。でもそういうんじゃないんだ。パーティーに同伴する相手が必要だったんだよ。僕が元気になったと皆に思わせるために——乗り越えたんだとね。彼女と取り引きしたんだ。彼女が僕と一緒にパーティーに出る代わりに、僕は彼女の仕事を探すって」

ソファへと歩きながら、父が笑った。「同じ相手と十一回も出かけたのか?」

何かおかしいだろうか?「ああ」リッキーは父と母の顔を交互に見た。「彼女はとてもきれいで優しい人なんだ。それに気も合ったし」

「そう」母が言った。

「彼女もつらい経験をしているんだ。若くして結婚し、夫を亡くした」リッキーは顔をしかめた。「癌《がん》だったそうだ。彼女は最期まで看病したんだ」

父がかぶりを振った。「優しい女性だな」

「本当に。夫を亡くし、とてもつらかっただろう。でもつらいのはそれだけじゃなかった。彼女は両親に勘当されたんだ。娘の結婚のせいで恥をかいたと」

母が椅子の上で背筋を伸ばした。「その人は、クリスマスはどう過ごすの?」

「さあ、わからない」

父が顔をしかめた。「ちょっと整理させてくれ。お前はある女性と一緒に十一回パーティーに出かけた。彼女はお前と同じようにつらい過去を抱えていて、お前は彼女と話すうちに、ブレイクに対する気持ちの整理がついてきた。彼女から、家族との仲がうまくいっておらず、クリスマスに行くあてがないことを聞いた……」父はリッキーの目を見た。「なのに、お前は彼女を置いてきた」

「複雑な話なんです」

母が立ち上がった。「そんなことないでしょう」

母はリッキーの前まで歩いてきて、身をかがめた。

「相手が誰でも、あなたは元気になれたと思う?」

リッキーは顔をしかめた。

父が首を横に振る。「息子よ、お前はその人を愛しているんだ」

「いや。その、ああ、確かに気は合ったけど」

「ブレイクのことを話したとき、彼女はなんて言った?」

リッキーは息をのんだ。「僕を愛していると」

母がリッキーの腕をぴしゃりと叩いた。「まあ! 彼女に愛していると言われたのに、あなたは自分の気持ちに気がつかないの?」

リッキーは急に乾いた唇を湿らせた。エロイーズの顔が思い出された。リッキーがアパートメントを去ったときの、彼女の目に浮かんだ痛み。だが、あの目に幸せが浮かんでいたときもあった。テキーラの夜。ドアの前に立ち、キスを求めていた彼女の表情……リッキーはキスしたい衝動と闘っていた。エロイーズに抱きしめられたいと思った。彼女のものになりたいと思った。

ああ、そうだったのか。

「僕は——」

ドアが開き、二人の妹とその夫たち、それに四人の子供たちが雪崩《なだ》れ込むように入ってきた。コートを脱いで壁にかけてから、皆が代わる代わるリッキーを抱きしめた。その間中リッキーは口を開けたままだった。一つの事実が、頭の中で繰り返し点滅していた。まるでクリスマスライトが瞬くように。

僕は彼女を愛している。

とりわけ愛情のこもった妹の抱擁から、リッキーは体を引いた。だとすればすべて納得がいく。なぜエロイーズにブレイクの話を聞いてほしかったのか。

彼女はドアを開けてくれたのだ。前に進もうと。

問題は……僕にそれができるかどうか。

電話のベルの音で、エロイーズは目を覚ました。ベッドの上で飛び上がり、今日はクリスマスだと気がついた。部屋の静寂がひしひしと迫ってくる。一人きり。

リッキーは私を必要としていない。

ふたたび電話が鳴った。

もしかしたら、リッキーの気が変わったのかもしれない。彼の目は悲しそうだった……。

エロイーズは電話を手に取った。

だが、画面に表示されたのは、オリヴィアとタッカーの婚約記念の写真だった。

失望で胸が塞がれたが、エロイーズはそんな自分を叱った。私には気遣ってくれる友達がいる。誰もいなくても、オリヴィアとタッカーがいる。ローラ・ベスもあとで電話してくるに違いない。

愛する人がいなくても、一人ではない。

咳払いし、涙をのみ込んで電話に出た。「メリークリスマス」

「メリークリスマス！」

オリヴィアの家族が声を揃《そろ》えて言うのが聞こえてきて、エロイーズは泣きたくなった。

「クリスマスのクッキーは届いた？」オリヴィアの母が呼びかけた。

「ええ」エロイーズは固く目をつぶった。居心地のいいリビングルームが目に浮かぶ。オリヴィアの家には何度も行ったのでわかる。暖炉に下げられた靴下。部屋の隅には太った不格好なクリスマスツリーが置かれている。点滅する豆電球や、何年にもわたって集められたちぐはぐな組み合わせのオーナメントが、これでもかと飾られている。一つ一つに物語がある。「ありがとうございます」こらえようとしても声が震えた。「朝食に一枚いただく予定です」

「まあ、エロイーズ、泣いているの？」

エロイーズはまばたきして涙を払った。「起きたばかりなので。声がかすれてしまって」

かちりと音がして、オリヴィアの声が明瞭に聞こえた。スピーカーをオフにしたようだ。「本当にそうなの？」

「ええ」エロイーズは息を吸った。「あなたが送ってくれたセーター、とても気に入ったわ。でも気を遣ってくれなくてよかったのに。ローラ・ベスと私には、お返しを買う余裕がないから心苦しいわ」

「あれはプレゼントだから。お返しなんて気にしないで」

「ええ」

「タッカーの自家用機をニューヨークに戻したの。それに乗ってあなたもこっちに来て。一緒にクリスマスのごちそうを食べましょうよ」

エロイーズは唇をぎゅっと結んだ。「ありがとう。でも明日、仕事なのよ。それに一人でも大丈夫。テレビで映画でも見て過ごすわ。あなたのママのクッキーを食べながら」

「エロイーズ、ケンタッキーに来てちょうだい。悲しいことを言わないで」

「大丈夫。来年からは新しい仕事が始まるの。昨日、言ったでしょう？　いつかデザイナーになるのよ」

オリヴィアの声が明るくなった。「ええ、そうね」

「有名になるわ」

「そうよ！　来年のクリスマスには、私のドレスを全部デザインしてね」

「何年かあとには、ペントハウスに芸術品を飾るから、あなたに選ばせてあげる」オリヴィアが笑うのが聞こえ、エロイーズは頬を緩めた。オリヴィアの笑い声が聞きたかった。彼女のクリスマスを台無しにしたくはない。「もう切って。私は大丈夫だから」

「わかった。楽しいクリスマスを」

「楽しいクリスマスを」

電話を切り、エロイーズはまた枕に頭をのせた。今日は一日寝ていようか。

そのとき、ドアをノックする音がした。べつの部屋の住人を訪ねてきた人に違いないと思い、エロイーズはため息をついた。ドアに表示されている番号を見れば、間違いに気づいて帰っていくだろう。

ふたたびノックの音が聞こえた。

〝部屋番号を確かめて〟と叫ぼうかと思ったが、寝室から呼びかけても聞こえないだろう。三度目のノックの音が聞こえ、どうやら帰るつもりがないのだと気づいた。

上掛けをどかし、フリースのローブをつかんで、ドアへと急いだ。顔に笑みを貼りつける。相手が誰でも、その人のクリスマスを台無しにしたくはない。


エロイーズは息を吸い込み、偽りの笑みを大きくして、覗《のぞ》き穴から外を見た。

ドアの前に立っているのは、ノーマンだった。クリスマスツリーを抱えている。

ノーマン？

エロイーズはドアを開けた。「ご家族と一緒にお祝いしないの？」

ノーマンが笑った。「しますよ。ただ、一年分の給料をいただきましたので。このツリーをお届けする条件で」

エロイーズは脇によけた。「どうかしているわ」

ノーマンの後ろからリッキーが姿を見せた。彼はエロイーズの頬に軽くキスをして言った。「そのとおり」

「ここで何をしているの？」

リッキーがオーナメントの入った袋を二つ、ソファの上に置いた。常緑樹の香りが辺りに広がる。リッキーが携帯電話を取り出し、いくつかボタンを押すと、アパートメントの狭い部屋にクリスマスキャロルが流れた。「君のクリスマスを明るく楽しくしているんだ」

ノーマンが帽子を軽く傾けた。「ほかにご用がなければ、これで帰りますが」

「ありがとう、ノーマン」リッキーが言った。

「メリークリスマス」そう言い残し、ノーマンは帰っていった。

二人きりになり、エロイーズは困惑した。施しは受けたくない。同情されるくらいなら、一人のほうがいい。

彼女はきらきらした細長い飾りを一本手に取った。

「こんなことする必要はないのに」

「わかってる」

「憐《あわ》れみは受けたくないわ」

「それもわかってる」

苛立《いらだ》ちが募り、エロイーズはうなり声をあげた。「まあ、そう怒らないで。ツリーの飾りつけを手伝ってくれ。説明するから」

リッキーがつややかに光る青い球を差し出す。エロイーズはため息をついて、それを受け取った。

「じつは、一年半ぶりに実家に帰ったんだ」

腹を立てたい気持ちとは裏腹に、エロイーズの胸は締めつけられた。

「両親は僕の顔を見てとても喜んだし、妹たちは子供を連れてやってきて、僕を抱きしめてくれた」

「まあ、それはよかったわね」

「うん」

リッキーはそれ以上何も言わず、ただ黙々とツリーに電球を巻きつけていた。ツリーのてっぺんから下までぐるぐると巻きつけ終わり、プラグを差し込むと、ツリーが楽しげに光った。

エロイーズはため息をついた。「きれいね」

「まだまだこれからさ」

エロイーズはリッキーの手をつかんだ。「やめて。私にはできないわ。平気なふりなんてできない。あなたに愛していると告げたのに、あなたは私を愛せないと言った。私はそれを受け入れたの。あなたがここにいたら、私はまた傷つくわ」

「僕も君を愛している。そう言っても?」

呼吸が止まった。

「だからここに来たんだ」リッキーはきらきら輝く細長い飾りに手を伸ばし、着ぶくれしたツリーにかけた。「ようやく家に帰る気になれた。君と一緒にいて、傷が癒えたんだ。家族と一緒に過ごしたいと思った」リッキーはエロイーズの目を見た。「だが、僕に必要なのは家族ではなかった。君だったんだ」

「え?」それしか言えなかった。

リッキーが両手を広げる。「さあ」

エロイーズはその腕の中に入った。

「つらい思いをさせてごめん」

エロイーズは体を引いて言った。「もう一度、愛していると言って。そしてキスして」

リッキーが笑った。「愛しているよ、心から」

リッキーの唇が重なると、エロイーズの細胞という細胞が喜びに震えた。

甘美なキスだった。これは現実なのだろうかと考えながら、エロイーズはおそるおそる両腕を持ち上げてリッキーの胸に手を滑らせ、両手を彼の首に巻きつけた。

リッキーの腕がエロイーズの体を包む。きつく、確かに。もう二度と離さないというように。生まれて初めてエロイーズにはわかった。誰かに必要とされるのはこういうことなのだと。

見つめ合ったまま、二人はゆっくりと唇を離した。

リッキーが笑みを見せ、エロイーズもほほえんだ。

「息子の死を忘れられるとは思わなかった。だが君が教えてくれたんだ。忘れなくていいのだ、と。ただ歩き続ければいい、と」

エロイーズはうなずいた。「ええ、そうよ」

リッキーがエロイーズの髪を撫《な》でた。「君はきれいだと、最近言ったかな？」

「たぶん、あなたは一度も言ったことがないわ。ドレスはいつも褒めてくれたけど」

「距離を置いていたんだ。もうそんな必要はない。ずっと君と一緒だ。楽しいときも、苦しいときも」

「ええ」

「君も同じかい？」

エロイーズはうなずいた。

「プロポーズに同意してもらったからには」リッキーは一歩下がり、袋の中を探った。「これを渡さないと」そう言って黒いベルベットの箱を取り出した。

エロイーズはリッキーを見た。「これって……」

「そうさ」彼はその場に膝をつき、指輪の箱を開けて大きなひと粒ダイヤの指輪を見せた。「結婚してくれるかい？」

エロイーズの目に涙が溢《あふ》れた。何千と過ごした孤独な夜に捧《ささ》げた祈りの答えが、今返ってきた。クリスマスに。「ええ」

リッキーが立ち上がり、もう一度エロイーズにキスをした。今日は人生でいちばん幸せな日だ。ようやく唇を離し、彼が言った。「もう一つあるんだ」

べつの黒いアクセサリーケースを手渡され、エロイーズは訊《き》いた。「これは何？」

「開けてごらん」

蓋を開くと、ずらりと並んだダイヤモンドが瞬いていた。「ダイヤモンドのネックレスだわ」

「君のお母さんに」

エロイーズは眉根を寄せた。「母に？」

「家に入れてもらうには、ダイヤのネックレスを持参するしかないと、君は言っただろう？」

「あれは冗談よ」

「考えてみたんだが、ご家族に受け入れてもらうには、思いきった意思表示が必要だと思う」

「あの会話のときに、私はこうも言ったはずよ——家族のもとには戻りたくない、と」

「誰にでも家族は必要だ。もう事情は変わった。君はご両親が与えてくれるものを受け入れればいいんだ。これからは永遠に僕の愛があるのだから。僕が君に捧げる愛は、ご両親に分けてもまだ余りある。それに、いずれはご両親の態度も変わるかもしれない。仮に変わらなくても、大した問題じゃないよ」

エロイーズはまばたきして涙を払い、もう一度リッキーの首に両腕を回した。「ありがとう」

そう言って彼にキスをした。長く、激しく、甘いキスだった。

リッキーは唇を離し、窓の外を見た。白いものがふわふわ舞っている。彼は笑みを浮かべた。「雪だ」

エピローグ

数カ月後、二人は結婚式を挙げた。春のニューヨークの晴れた日だった。さわやかな空気を胸いっぱいに吸い込んで、エロイーズはリッキーとともにセント・パトリック教会の扉から、招待客たちが吹くシャボン玉の嵐の中へと駆け出した。

右手には母が立ち、目頭を押さえている。長身の父は背を伸ばし、今まで見たこともないような誇らしげな顔をしている。兄は満面の笑みを浮かべてこちらを見ていた。リッキーに出資してもらったおかげで起業でき、喜んでいるのだ。

両親が喜んでいるのは、エロイーズが戻ってきたからなのか、それとも娘がその辺の銀行家より裕福な相手と結婚したからなのか、今一つわからない。だがリッキーも言っていたように、それはどうでもいいことだ。家族には変わりない。

リッキーはエロイーズの手を握りながら、彼女の前を歩いている。階段を下りるエロイーズは、雇い主であるアーティー・ベストがデザインした、ほっそりしたサテンのドレスに身を包んでいた。

リッキーがエロイーズの手首にキスをし、二人はリムジンへと走った。正装の制服に身を包んだノーマンが待っていた。

ノーマンが笑顔でドアを開ける。

二人がシートに座り、ノーマンがドアを閉めると、リッキーが手を伸ばし、エロイーズにゆっくりと時間をかけてキスをした。

「ところでミセス・ラングレー、最近調子はどう？」

エロイーズは笑った。「ただそう呼びたかっただけね？」

「ああ。いい響きだ」

「ええ、本当に」

「幸せになろう」

「必ず」

数時間後、披露宴が終わろうとしていた。独身女性たちが、ブーケをキャッチしようと押し合っている。エロイーズはブーケを投げようとして、ふと、その集団の中にローラ・ベスの顔が見当たらないことに気がついた。見ると、ローラ・ベスはダンスフロアの脇の丸テーブルに座っている。

困惑しつつ投げたブーケは、少々高く、遠く飛びすぎて……。

ローラ・ベスの膝の上に落ちた。

ハーレクイン®

うたかたのシンデレラ

2015年11月20日発行

著　　者　スーザン・メイアー
訳　　者　北園えりか（きたぞの　えりか）

発 行 人　立山昭彦
発 行 所　株式会社ハーパーコリンズ・ジャパン
東京都千代田区外神田 3-16-8
電話 03-5295-8091（営業）
0570-008091（読者サービス係）

印刷・製本　大日本印刷株式会社
東京都新宿区市谷加賀町 1-1-1

デジタル校正　株式会社鷗来堂

造本には十分注意しておりますが、乱丁（ページ順序の間違い）・落丁（本文の一部抜け落ち）がありました場合は、お取り替えいたします。ご面倒ですが、購入された書店名を明記の上、小社読者サービス係宛ご送付ください。送料小社負担にてお取り替えいたします。ただし、古書店で購入されたものについてはお取り替えできません。®とTMがついているものは株式会社ハーパーコリンズ・ジャパンの登録商標です。

この書籍の本文は環境対応型の植物油インクを使用して印刷しています。

VEGETABLE OIL INK

Printed in Japan © K.K. HarperCollins Japan 2015

ISBN978-4-596-22395-1 C0297

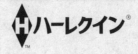

◆◆◆ ハーレクイン・シリーズ11月20日刊 発売中

ハーレクイン・ロマンス
愛の激しさを知る

シンデレラの献身 (闇のダリウス、光のザンダーⅡ)	キャロル・モーティマー／深山　咲 訳	R-3111
婚礼宮にさらわれて	ジェイン・ポーター／松本果蓮 訳	R-3112
屋根裏部屋のクリスマス	ヘレン・ブルックス／春野ひろこ 訳	R-3113
不機嫌な後見人	アン・ハンプソン／柿沼摩耶 訳	R-3114

ハーレクイン・イマージュ
ピュアな思いに満たされる

うたかたのシンデレラ	スーザン・メイアー／北園えりか 訳	I-2395
霧氷 (ベティ・ニールズ選集5)	ベティ・ニールズ／大沢　晶 訳	I-2396

ハーレクイン・ディザイア
この情熱は止められない！

ボスとの偽りの蜜月	ジュールズ・ベネット／泉　智子 訳	D-1683
七日間だけのシンデレラ	キャサリン・マン／北岡みなみ 訳	D-1684

ハーレクイン・セレクト
もっと読みたい“ハーレクイン”

はじまりはハプニング	キャシー・ディノスキー／早川麻百合 訳	K-359
愛しくて憎い人	ルーシー・ゴードン／高杉啓子 訳	K-360
運命の夜に	ミランダ・リー／シュカートゆう子 訳	K-361
金色のベッドの中で	アン・ウィール／長井裕美子 訳	K-362

文庫サイズ作品のご案内

◆ハーレクイン文庫・・・・・・・・・・・・毎月1日発売

◆MIRA文庫・・・・・・・・・・・・・・・・・毎月15日発売

※文庫コーナーでお求めください。

11月27日発売 ハーレクイン・シリーズ 12月5日刊

ハーレクイン・ロマンス　愛の激しさを知る

想いは薔薇に秘めて	ケイト・ヒューイット／中村美穂 訳	R-3115
シンデレラの婚前契約	スーザン・スティーヴンス／遠藤靖子 訳	R-3116
愛人以下の花嫁（7つの愛の罪Ⅱ）	ダニー・コリンズ／水月　遙 訳	R-3117
秘書に哀れみのキスを	キャシー・ウィリアムズ／漆原　麗 訳	R-3118

ハーレクイン・イマージュ　ピュアな思いに満たされる

ボスはクリスマス嫌い	ミシェル・ダグラス／外山恵理 訳	I-2397
無垢な天使の祈り	クリスティン・リマー／長田乃莉子 訳	I-2398

ハーレクイン・ディザイア　この情熱は止められない！

大富豪の三十日間の求婚（予期せぬウエディング・ベルⅡ）	アンドレア・ローレンス／藤倉詩音 訳	D-1685
海運王への実らぬ想い	マリーン・ラブレース／中野　恵 訳	D-1686

ハーレクイン・セレクト　もっと読みたい“ハーレクイン”

忘れられた花嫁	ミシェル・リード／すなみ　翔 訳	K-363
仮面紳士の誘惑	ジェイン・アン・クレンツ／杉本ユミ 訳	K-364
幸せのジングルベル	スーザン・メイアー／八坂よしみ 訳	K-365

ハーレクイン・ヒストリカル・スペシャル　華やかなりし時代へ誘う

不遜な公爵の降伏	キャロル・モーティマー／高橋美友紀 訳	PHS-124
花嫁は絶体絶命	ルイーズ・アレン／石川園枝 訳	PHS-125

※発売日は地域および流通の都合により変更になる場合があります。

ハーレクイン・シリーズ
おすすめ作品のご案内
12月5日刊

7つの愛の罪

初めての、たった一度の過ちが授けた命

「色欲は罪」と教え込まれ育ったファーンは、母の死をきっかけに訪れたクアマラ国で国王ザフィルに出会う。惹かれながらも自重する彼女だったが……。

ダニー・コリンズ

『愛人以下の花嫁』

7つの愛の罪 II ◉R-3117 ロマンス

クリスマス

ブラボー家のロマンス最新関連作!

片思いを実らせるため、モンテドーロ公国のプレイボーイ・プリンス、ダミアンに愛の手ほどきを受ける奥手なルーシー。休日の間だけの約束だったが……。

クリスティン・リマー

『無垢な天使の祈り』

〈都合のいい結婚〉シリーズ関連作 ◉I-2398 イマージュ

愛なき妊娠

恋に落ちるまでの30日

「10年後に独身だったら結婚しよう」と約束したタイラーと同窓会で再会したアメリアは、勢いで結婚してしまう。離婚を切り出した直後、妊娠に気づき……。

アンドレア・ローレンス

『大富豪の三十日間の求婚』

予期せぬウエディング・ベル II ◉D-1685 ディザイア

リージェンシー

人気作家が贈る"孤高の公爵シリーズ"第3弾

公爵ダリアンは、社交界の噂を真に受けて軽蔑していた伯爵未亡人マライアと、とある事情から仮面舞踏会で熱烈な恋人同士を演じることになり……!?

キャロル・モーティマー

『不遜な公爵の降伏』

"孤高の公爵シリーズ"第3弾 ◉PHS-124 ヒストリカル・スペシャル

クリスマス

リン・グレアムほか、小さな命が導く聖夜の恋

恋人と別れた後で妊娠に気づき、子供のために愛なき結婚を……。リン・グレアム『届かなかったプロポーズ』ほか、ハーレクインが誇る人気作家が贈る聖夜のロマンス。

エマ・ダーシー、リン・グレアム、レベッカ・ウインターズ

『メリー・ベビー・クリスマス』

◉XVB-12 クリスマス・ストーリー